阿濃的
有情世界

阿濃 /文

Birdy Chu /圖

山邊出版社有限公司

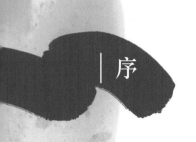

這些故事有意思

記不清説過多少故事了，被人複述最多的是《漢堡包和叉燒包》，一本書收集最多的是童話《阿濃説故事100》，介紹古代故事的我寫了七部書，有神話故事、詩歌故事、師生故事、歷史故事、幽默故事⋯⋯

故事吸引，需要奇思妙想的情節，引大家發笑的幽默感，但不可缺少的是故事後面藏有的「意思」。這些「意思」或隱或現，或大或小，等於食物中的營養。我們把食物吃了，有一個健康的身體。我們把故事看了，有一個健康的心靈。

這本書所有的故事，都是有「意思」的故事，你無須細細去分析，就像你吃飯吃菜，不必去計算吃進多少蛋白質、礦物質、維他命，那「意思」就像一顆顆種子，埋藏你心中，等待萌芽、出葉、開花、結果。

書中的刺蝟寶寶，有天生的

保護他的刺，但後來寧可不要，他的取與捨，就是故事的意思。

烏鴉天生黑色，受到人類的憎惡，但這不是他們能選擇的，他們該如何面對？當我們有先天的不為人喜的遺傳，同樣該如何面對？這就是故事的意思。

失明的人而能做花王，他靠的是什麼？舞刀的武師，為什麼年紀大了，一刀也不肯馬虎？

爺爺嫲嫲把兩隻愛貓交託給子女後去旅行，結果貓兒走失了，故事有奇趣的發展，但也反映了三代人的生活態度。

阿濃是謎語專家，製作的謎語心思玲瓏。《比蜜糖還甜》是一個傳授猜謎、製謎基本功的故事。

不論是哪一類的故事，我希望你看完會説：「這故事有意思！」既表示好看，還比好看多了點可咀嚼的東西。

阿濃

目錄

這些人

這些物

語文故事

刺蝟寶寶

刺蝟寶寶從外面回家時，刺蝟媽媽正在打毛衣。

打毛衣是刺蝟媽媽最喜歡做的工作，只要一有空，她的手便不停的織呀、織呀。她替刺蝟爸爸織，替刺蝟寶寶織，也替自己織。打好的毛衣多得大家來不及穿，一件一件的放在衣櫃裏。

刺蝟媽媽打毛衣的針是從刺蝟爸爸身上拔下來的。刺蝟爸爸也曾抗議說：「你再這樣拔下去，我身上所餘無幾了！」

刺蝟媽媽安慰他說：「我會小心地用，把它們收藏好，要用的時候再拿出來。」

可是這些刺的用途多得很，除了打毛衣，還可以釘在牆上掛東西，截短了做飛鏢，煮麵的時候代替長筷子，中秋節做花燈的把柄……到媽媽又想打毛衣時，找來找去找不到，又要到刺蝟爸爸身上拔。每次刺蝟

爸爸都要故意誇張地喊痛，表示他作出了偉大的犧牲。

這時刺蝟媽媽會教導刺蝟爸爸說：「別那麼一刺不拔！只有你的刺才夠長夠硬，何況我打毛衣也有你的份兒！」

刺蝟媽媽用粗毛線鬆鬆的打毛衣，穿在身上，刺可以從洞孔一條條穿出來。她兩天便可以織一件，織得興起，顧不得腰酸頸痛，那手就是停不下來。

刺蝟寶寶見爸爸身上的刺的確比以前稀疏了，便對媽媽說：

「媽，以後你想要刺用的時候，可以從我身上拔。」

「你倒孝順，可惜你的刺不夠長又不夠硬。」媽媽說。

「你還說不夠硬，我今天刺得人家都哭了！」寶寶說。

「誰？」媽媽問。

「你不認識！」寶寶說。

「我不認識？」媽媽心想，這東南西北一里之內，有哪一個是我不認識的？不過孩子不願意說也不必追問他。

「誰叫你們貼得那麼近？」媽媽淡淡的說了一句。

寶寶的臉紅了。他今天跟鄰家的女孩刺蝟咪咪在一起，他們一齊分吃一隻蚱蜢，又一齊從山坡上滾下來玩。

寶寶的身子比較重，他又能把自己緊縮得很圓很圓，因此滾得比咪咪快。不過他常常故意慢下來，有時還讓咪咪超前，弄得咪咪又緊張又興奮，尖聲地叫着笑着。

在遊戲的過程中，還發生了小小的意外，咪咪掉進了一個凹洞，一時爬不上來。她努力了許多次，可惜爬到一半又掉下去。最後還是寶寶找來一根草藤，把它垂下洞底，他叫咪咪咬住一頭，他咬住另外一頭，終於把咪咪拉了上來。

咪咪感激地擁抱寶寶，兩個卻同時哎呀的叫了一

聲，立即分開了。因為咪咪身上的刺弄痛了寶寶，寶寶身上的刺也弄痛了咪咪。

寶寶很有點不開心，他真希望自己像小白兔、小山羊、小狐狸那樣，身上只有軟軟的毛，沒有尖硬的刺。

寶寶身上的刺早已帶給他許多麻煩，就拿搭校巴上學來說，同學都不願意坐在他旁邊，怕車子轉彎時大家身體傾側，碰到寶寶身上的刺。

有一次學校舉辦遊藝會，會場四周掛了許多氣球，寶寶已經很小心了，卻仍然刺破了四個。有兩個氣球是自己爆破的，偏有人說：「怕又是小刺蝟闖的禍。」

學校每年都舉辦運動會，節目有二人三足、跳OVER、疊羅漢……

二人三足，沒有人肯跟刺蝟寶寶一組。

「跟刺蝟綁在一起，痛都痛死了，怎麼跑！」

跳 OVER，沒有人歡迎刺蝟寶寶參加。

「把手掌在小刺蝟的背上一撐，至少有十個八個

傷口。」

疊羅漢時也個個拒絕刺蝟寶寶做隊員。

「有小刺蝟，這個羅漢永遠疊不起來，怎可以把腳踩在他身上！」

有一次老師出題目給大家作文，題目是《我的願望》。刺蝟寶寶這樣寫：

「我的願望是身上沒有刺，讓人人都可以親近我。」

不過後來發生了一件事，要刺蝟寶寶重新考慮他的想法。

那天刺蝟爸爸、刺蝟媽媽帶刺蝟寶寶到灌木林裏找尋食物。他們捉到幾隻蚱蜢、幾條蚯蚓，正想回家的時候，忽然聽到咻咻地喘氣的聲音，原來是一隻身軀龐大的野狗。

他們認得這隻野狗是附近兩里之內最危險的動物。他是一隻被主人拋棄的跛狗，行動不便，身上又生滿癩瘡。他經常處於飢餓狀態，捉到什麼便吃什麼。

又不停的搔癢，弄得心情煩躁，脾氣極壞。由於心裏充滿怨恨，他變得十分殘忍，就算是實在不想吃的東西，也要把他弄死，咬碎。

當野狗流着口涎走近寶寶身邊時，爸爸和媽媽同時高喊：

「寶寶小心！」

刺蝟一家及時各自縮作一團，並且把刺尖尖的豎起。

大野狗咆哮着撥弄刺蝟，腥臭的口涎滴得他們一身都是，面對硬硬的尖刺，他始終不敢張嘴咬下去。

無可奈何的野狗終於離開了他們，驚魂未定的媽媽對寶寶說：

「你現在該知道刺對我們是多麼的重要了。」

日子一天天過去，刺蝟寶寶大得很快，在刺蝟中他已經是一個英俊的青年。

媽媽一樣興致勃勃地打毛衣，她打給寶寶的毛衣越來越大，甚至比爸爸的還要大。爸爸身上的刺比以

前更稀疏了，媽媽不敢再問他要。她把兩根最烏潤發亮的刺用布包好放在抽屜裏，需要的時候才拿出來用。

媽媽有時還用粉紅、粉藍、淺黃等美麗的絨線打毛衣，那是送給刺蝟咪咪的。

咪咪已經是寶寶感情很好的女友，寶寶的媽媽對這個女孩也很喜歡，因此時常織毛衣送給她。而她穿得比誰都漂亮。

一天晚上，媽媽又在打毛衣，她聽見熟悉的開門聲音，看看鐘，知道是寶寶依慣常的時間回家了。

「媽。」寶寶叫她，聲音裏好像跟平日有點不同的感覺。

「唔，你回來了。」媽媽回答。

但是寶寶站在那裏不動。

媽媽抬起頭來，從眼鏡玻璃底下望一眼寶寶。

「啊！」她驚呼一聲，一根針掉到地上。

在她眼前的寶寶幾乎認不出來，因為他身上穿着毛衣，但一根刺也沒有。

「是誰把你弄成這樣子？」她又把另一根針掉到地上。

「是咪咪。」這時咪咪也出現了。寶寶鎮定地說，「我也把她身上的刺都拔掉了。我們擁抱在一起，感到從來沒有過的快樂。」

這時爸爸從房間裏出來，他生氣的說：

「你們瘋啦！你忘記刺對我們是多麼的重要嗎？」

「爸，我記得。」

寶寶用一種溫柔而堅定的眼神看看父親說：

「不過我想告訴您：活在世上，還有比刺更重要的東西。」

他跟咪咪手拉着手。

松鼠寶寶

繪圖：陳燕貞（Jaclyn Chan）

阿濃的話：

　　小松鼠常在後園出現，大家叫牠做 Irin。可惜 Irin 遭遇車禍，不幸喪生。五歲的 Jaclyn 畫了一張悼念卡，卡上有送給 Irin 的花束。Jaclyn 為松鼠寶寶加上翅膀，祝願牠成為天使，也藉此減輕心中悲傷。阿濃見到這幅圖畫之後，補寫了這個故事。

春天到了，草地綠了，松鼠出來了。

松鼠出來了，大的、小的、胖的、瘦的、活潑的、呆笨的、大膽的、畏縮的都出來了。出來做什麼？出來找東西吃。

這家前園有兩隻，那家後園有一隻，還有一隻又一隻在過馬路。你跑到這邊來，我跑到對面去。總以

為另一邊會有較多的食物。

對開車人來説，看到松鼠過馬路要特別提防。因為牠們最容易改變主意，明明已橫過一半，車子開到時，牠們應該已平安到了對面。想不到牠們會忽然回頭轉身，如果不及時煞車，便碰個正着。

這天燕燕從二樓房間窗戶望去花園時，看到一隻很小的松鼠，小心翼翼地這裏嗅嗅、那裏嗅嗅，有時用後腳站起來，東望望，西望望，像在尋找什麼，又像提防什麼。燕燕記得松鼠喜歡吃花生，她房間裏正好有小半包吃剩的花生。她揀了一顆大的，推開窗門，用力向小松鼠丟過去。

花生掉在離小松鼠一呎的地上，嚇了牠一跳。牠退後幾步，小眼睛骨碌碌地四周望着，豎起鼻子在空氣中嗅着，但沒有抬頭看到燕燕。牠終於發現了那顆花生，跳前兩步，把花生拾起，放到嘴裏，咬開外殼，吃了起來。燕燕看得入神，又揀了一顆花生，向小松鼠丟過去。這次她丟得更準，花生打中了小松鼠的頭，

嚇得牠跳了起來。燕燕又好笑又抱歉，對小松鼠說：「對不起呀，松鼠寶寶！」

小松鼠抬頭看到了她，並不害怕，又把那顆花生送進嘴裏。

燕燕見小松鼠可愛的樣子，想拿相機幫牠拍張照片。可惜到她找到相機時，已不見了牠。

燕燕第二天在房間裏上網時，發現有個影子在玻璃窗上移動，轉頭一看，她幾乎不相信自己的眼睛，原來昨天那隻小松鼠，竟坐在窗台上向房間裏張望。她知道這聰明的小東西是來向她討吃了。

她拿起那小半袋花生，走到窗邊，小心推開半扇，把兩顆放在窗台上。小松鼠在窗台上吃了一顆，另一顆銜在嘴裏，跳上近窗的櫻花枝椏，飛快的從樹幹爬下草地，連跑帶跳的橫過草地鑽到柵欄外去了。

第三天燕燕新買了一包花生，又把相機放在手邊，

靜待小松鼠出現。果然到了相同的時間，小松鼠又來了，更使她驚喜的是牠嘴裏銜着一小枝櫻花。

「你是送花給我的嗎？謝謝你呀！」燕燕走到窗前，小心打開半扇，背過身子，讓小松鼠出現在她身後，舉起相機，來一次與小松鼠在一起的自拍。然後轉過身子，從小松鼠嘴裏接過那枝櫻花，又把兩顆花生放在窗台。

照片拍得十分好，燕燕把它放上了 facebook，她替小松鼠取了個名字叫 Irin。「會送花的小松鼠」立刻引來朋友的關心和羨慕，照片由她的同學傳到地球上許多地方。

Irin 差不多每天都在同一時間出現，還不時送花來。最巧是燕燕生日那天竟送來一朵紅玫瑰。

可是有一天 Irin 竟沒有來，燕燕有點擔心。

Irin 第二天又沒有來，燕燕更是十分不安。

她把 Irin 失蹤的事告訴爸爸媽媽和哥哥，大家都有一種不祥的預感。於是他們決定來一次大搜索，到附近的街道邊尋找。

他們沒有花很多時間，就在一條十字街路邊的草叢裏，發現了 Irin，牠的身體沒有明顯的傷痕，可能是內臟受到劇烈的撞擊傷重死亡的。

爸爸拿帶來的布袋裝了 Irin 回家，替牠清潔了身體，放在一個紙盒裏，埋在櫻花樹下。

燕燕在爸爸媽媽面前沒有哭，但到她一個人回到

房間，望着那松鼠寶寶每天出現的窗戶時，就忍不住大哭起來，哭得心和肺都感到疼痛。

她在 facebook 上宣布了這個消息，她很快收到一百多個回應，為松鼠寶寶的離去惋惜，安慰燕燕不要太傷心。

第二天燕燕在松鼠寶寶遇事的路邊看到好幾束鮮花，一定是燕燕的同學和朋友根據敍述找到這裏，送上鮮花表示哀悼。

燕燕第二天夜裏做了一個夢，夢見小松鼠又來到窗前，跟以往不同的是在牠的背後多了一對翅膀。牠在窗外向燕燕輕輕揮手，扇動翅膀，飛向滿天繁星的夜空。

燕燕也向牠揮手，直至牠在星羣中消失。

燕燕第二天一早醒來，望向窗外，見窗台上有一小枝櫻花，或許它是從櫻花樹上掉下來的，但燕燕相信是松鼠寶寶 Irin 送的，她開窗把花小心撿進來，插在一個小玻璃瓶裏，放在案頭。

爺爺嫲嫲去旅行

我叫花花，一隻十歲的貓小姐。我的同伴黃豆，五歲的貓小弟。

照料我們的是七十歲的爺爺，六十八歲的嫲嫲。

他們有兩個孩子，大兒子 Martin 結了婚，老婆叫 Mary，有個十二歲的兒子叫 Michael。小女兒 Katherine 沒結婚，他們都在外面有自己的居所。

這天是兩老的結婚四十周年紀念，叫齊他們來家慶祝。我們跟他們都很熟，尤其是 Katherine，一來就要把我抱。黃豆卻要避開 Michael，因為他喜歡揪他的尾巴。

他們的晚餐很豐盛，我跟黃豆也各有一碟三文魚。

晚餐的最後是切蛋糕，拍集體照，嫲嫲抱着我，Katherine 抱着黃豆。

大家幫着收拾好碗碗碟碟、刀刀叉叉後，嫲嫲説

有事宣布。

「我跟爺爺下個月會坐郵輪去旅行。」

我跟黃豆都豎起耳朵，因為餵我們、照顧我們的都是嫲嫲。

「到哪裏去呀？」「去多久呀？」「有沒有朋友一同去呀？」他們紛紛提出問題。

「我們離家兩星期，兩隻貓就交給你們了。」

「Katherine 最喜歡貓，這工作就交給她了。」Martin 說。

「我住得遠，你們住得近。你們來照顧牠們比較方便。」Katherine 說。

「你可以把貓帶到你家去。」Mary 說。

「貓兒害怕新地方，有一次我帶花花回家，牠怕得躲在沙發底下不出來。」Katherine 說。

我記得是有這回事。

「可不可以送去貓酒店寄養？那裏貓兒多，牠們或許因此不害怕。」Mary 說。

「貓酒店都是陌生人，貓兒以為我們不要牠們了，會又害怕又傷心，有的貓狗因此患上憂鬱症，不肯吃東西，活活餓死。」嫲嫲説到這裏聲音都變了，把我抱起。

「下個月我和Mary都比較忙，Michael又要考試，要幫他温習，所以……」Martin 説。

「為了不想麻煩你們，我們十年沒有旅行了，想不到求你們做點事這麼難！」爺爺的語氣不大好，「那我們不去旅行了！」

在老人家的周年紀念，氣氛弄得這樣僵，他們不好意思了。

「爸，你們即管去，貓的事我們商量着辦。」Martin 説。

「妹，我們輪着來看牠們吧。」Martin 説。

Katherine 點點頭。

「你們不光是要餵糧餵水，倒沙盤，還要抱抱牠們，陪牠們玩一會兒，見有不舒服，帶牠們看醫生。」

嫲嫲説着感到捨不得我，抱起我來用臉親了我一下。這時 Michael 想捉黃豆玩，黃豆敏捷的躲進廚房。Michael 立即追過去，跟着聽到乒乒乓乓打碎東西的聲音。黃豆衝出來躲進了嫲嫲睡房。Michael 的爹大聲叫他別再追，進廚房看到打破了一個空瓶子，叫他掃乾淨丟進垃圾桶。

嫲嫲跟爺爺出發那天，請我和黃豆吃點心。她對我説：「花花要看着黃豆，別讓牠頑皮，我們很快就會回來。」

我繞着她的腳轉，叫她路上小心。

這天晚上大大的房子裏只有我和黃豆，我們很早便睡了。

第二天下午 Katherine 來看我們，她拿着公事包，是下班後直接來看我們。

「花花！黃豆！」她一進門就叫我們的名字，我們飛奔着去迎接她，看着她換拖鞋。

　　她一手一個抱起我們，對我們說：「你們乖不乖？害怕不害怕？」

　　她幫我們添了乾糧和罐頭，又幫我們換了水，倒了沙盤。又拿一隻假老鼠出來引我們追。

　　外面漸漸暗下來，她輪流抱起我們親了一下說拜拜！

　　我們爬到最大的玻璃窗台上看着她開車走。

　　第三天時間過得更慢，我們睡了又睡。終於聽到門響，我聞到香水味，知道是 Mary，她不用上班，是從家裏來。

　　「兩隻麻煩鬼在哪裏？」她從信箱拿了一疊信上來。還有一份區報，每星期派兩次。

　　她幫我們添了食物，倒了沙盤，手機響了，她坐在沙發上聽。

　　打電話來的好像是她弟弟，我聽她問：「阿爸情況怎樣？」跟着我聽見她說的話，但聽不到對方說什麼。

「他認不認得你？」

「肯不肯吃東西？」

「有沒有再跑出去？院舍太疏忽了！」

「我也很想回去看他，就是走不開。」

我見她抹眼淚。

她很快就走了，要回去準備晚飯吧？她漏做了一件事，沒有幫我們加水。

黃豆除了睡覺，自己滿屋子跑。沒人陪他玩，追自己的尾巴轉十多個圈。運動使他口渴，要飲許多水，他的水碗乾了，來喝我的；我的也被他喝乾了，他就喵喵叫。

後來我帶他去飲廁所的水，我知道不乾淨，但沒辦法。

第四天我們很高興見到 Katherine，她發現水碗裏一滴水也沒有。她一面幫我們加水一面打電話給 Mary。

「你是不是忘記替貓貓加水？」

「碗裏一滴水都沒有，渴死牠們啦！」

「我在餐桌上放一張表，你們做一樣剔一樣，不要再漏了什麼。」

我見她隨即畫了一張表，放在餐桌上。

第五天我們越來越悶了，黃豆不停打呵欠。他説很想到外面去玩玩，趁沒有人在。

他還帶我去屋裏的第二個洗手間，在一堆雜物後面的牆腳處有一個小洞，本來有鐵絲網封着，現在鐵絲網破了，我們可以鑽出去。

我説他的膽子真大，嫲嫲曾經説過，外面的世界很危險，馬路上有許多汽車，樹林裏有浣熊和土狼，都會傷害我們。

想不到今天來看我們的是頑皮 Michael，可能今天是星期六，他不用上學，就帶了兩個同學來玩了。

三個男孩子都精力過剩，一來就滿屋的跑，把唱機開到最大聲，又唱又跳。有一箱玩具是爺爺嫲嫲在 Michael 小時候給他玩的，Michael 搬出來倒在地上，

有機械人，有汽車，有 lego，有大大小小不同的球……
一個叫肥 Q 的男孩一樣一樣拿起來看，並且說：「我
也有。」另一個叫強仔的卻不吭聲。

Michael 說：「爺爺嫲嫲最『錫』我，他們送我
的玩具我家裏還有一箱。」

肥 Q 說：「爺爺嫲嫲知道我喜歡小狗，送我一隻
做生日禮物。」

強仔問：「就是你家『寶貝』？」

肥 Q 說：「是呀，本來阿媽反對養，爺爺送的沒
法拒絕。不過現在阿媽也很喜歡寶貝。」

Michael 問：「強仔，你爺爺嫲嫲不在本地？沒
聽你提起過。」

「我兩歲前他們就死了，爸說他們留下一筆錢給
我讀大學。我對他們沒什麼印象，只記得爺爺讓我騎
膊馬行年宵，嫲嫲包餃子時拿一團麵粉給我玩。」強
仔說。

「人老了就會死，想起爺爺嫲嫲都老了，我就不

敢想……」Michael 説。

我也不敢想，如果嫲嫲不在了，我會怎樣？

「我也想對老人家好點，可是我總是惹他們生氣。」肥 Q 説。

這時 Michael 看到玩具中有個小足球，提議説：「我們到外面去踢波。」

他去打開大門，黃豆看到外面草地上有隻麻雀，就忍不住走到門邊去。那球正在肥 Q 腳邊，他順腳一踢，球兒打中黃豆，把他撞了出去。黃豆大吃一驚，已經到了門外的強仔又是一腳，球兒向黃豆飛去。黃豆更是驚慌，向附近的小樹林逃去。這下子 Michael 害怕了，他説：「快追！」

未追之前他沒忘記把大門關上。

我知道黃豆雖然頑皮，但是膽子很小，而且對外面的世界完全不認識，我怕他們找不到他，他也不認得路回家。

我真的很擔心，等了很久很久，終於聽到他們的

聲音。

「這趟我死了！找不到黃豆嫲嫲傷心死了！」Michael 哭着的聲音。

「你怎麼還不開門？」我聽到肥 Q 問。

「我找不到門匙。」Michael 説，「我把它留在屋裏了。」

「那怎麼辦？」肥 Q、強仔同時問。

「怎麼辦？」我也幫他們急。

「只有 Katherine 還有一條門匙，要找她。」Michael 哭着説。

「你記得她的電話號碼嗎？」強仔問。

「記得。」我聽到講手機的聲音，大概強仔帶了手機。

閒話休提，15 分鐘後 Katherine 來開了門，肥 Q、強仔自己回家去了。30 分鐘後 Michael 的爸媽也來了（我很聰明，我會看鐘）。他們都帶了電筒來，天色已漸漸暗下來。

　　他們很快就出去找黃豆了，我好像聽到他們在喊：「黃豆！黃豆！」

　　Michael 和他們都沒有為我添吃的，但我一點也不餓。

　　到天完全黑了他們才回來，沒有找到黃豆。個個筋疲力竭的樣子。我只聽到 Michael 的爸説了一句：「我連罵你也沒氣！」

　　聽他們説明天再來找，暫時不要讓爺爺嫲嫲知道，最好在他們回來之前能找到。

　　Katherine 沒忘記離開前為我添了糧和水，也倒了沙盤，包括黃豆那份。她臨走沒忘記抱抱我，説：「別擔心，我們一定會尋回黃豆。」

　　他們走後，我越想越擔心。夜間外面天氣冷，還説不定會下雨。樹林裏有野獸，會不會把黃豆吃掉？最好的結果是有人收留了他，有新主人愛惜他，但是我再見不到他了。我記得他常逗我玩，起先我不想動，後來煩不過陪他玩，也玩得很高興。就因為這樣，我

沒有變成大肥貓。有一次我不小心碰跌了一個水晶相架，碎了。爺爺以為是黃豆闖的禍，痛罵他一頓，還罰他沒有點心吃。我對他說對不起，他說不要緊，但要把點心分一半給他。

一個念頭越來越強烈，我要去找他回來。我記起屋後的小洞，終於鑽了出去。

外面月色明亮，我走進了小樹林，我咪嗚地叫他，但沒有回音。我努力追尋他的氣味，但感覺不到。我一直前行，原來小樹林並不小。樹木沿着溪澗生長，形成一條長長的綠色帶。我繼續叫他，回答的是溪水流動的聲音，和貓頭鷹的叫聲。

我知道時間很緊迫，我怕他越走越遠。我一面跑一面叫，直到我再也跑不動了。

我發現自己來到一間小小的木屋前，屋裏沒有燈光，大概主人睡了。忽然一隻黃貓出現我眼前，起初我以為是黃豆，看清楚比黃豆大也比黃豆老。

我們之間有簡短交談，他說夜深了，他本來已睡

了，聽到我的叫聲才出來看看。外面深夜比較冷，不如進屋子暖暖。

原來他跟我不同，我是「住家貓」，只呆在家裏，他是「花園貓」，可自出自入，在外面玩耍。他帶我鑽過一道門，裏面是一間擺放雜物的小房間，有一個貓窩，一碟貓糧，一碟清水。他請我隨便吃點，我也不客氣，吃了也喝了。

這時房外有聲音，同時開了燈。忽然響起鋼琴聲，一把蒼老的聲音唱起一隻歌，我聽爺爺彈過琴，伴着嫲嫲唱過這首歌。花園貓說：「老太太睡不着就唱歌。」

「她孤身一人，幾年來不曾有兒女探望過她。她很寂寞，把我當做子女了。」

老太太唱了兩隻歌，開始咳嗽。聽到她倒水喝，然後熄燈，屋裏一片平靜。花園貓睡着了，我也跳進一個空紙盒睡了，想起 Katherine 他們明天連我也不見了，不知會亂成什麼樣子。

第二天一早花園貓就叫醒我，他不想老太太看到

我。他説我如果肚子餓，可以到附近的綠屋或者遠些的藍屋去。

這是個大晴天，我到了外面，一個完全陌生的地方，見有人在遛狗，有人推着嬰兒車，我還聽到教堂的鐘聲。以前我在家也聽過，説明其實我離家不遠。只是不認識回家的路。黃豆你在哪裏？

我的肚子開始咕嚕咕嚕叫，我要去找綠屋，或者黃豆也會到那裏去。

果然很快我見到那綠屋，門外露台上有個胖大的老人家。我走近見他腳邊有六、七隻貓，顏色不同，有大有小。但沒有一隻是黃貓。

貓兒們都埋頭吃東西，我也擠了過去。最難得是旁邊還有一大盆水。

我正吃着，忽然轟的一聲整個露台都震動，嚇得我們想逃走。看清楚原來胖大老人家滑倒在地上，啊啊叫痛卻爬不起來。

最大的一隻三色貓忽然跑去鄰家抓門，嘴裏發出

慘叫。我明白他的用意，也跑了過去，跟着所有的貓都跑了過去，又抓門又叫，真是驚天動地。門開了，第一個衝出來的是一隻大狗，他好像聽懂三色貓的話，立即跳上隔鄰露台去，又走回來向門前的一位鬍子先生吠。鬍子先生跟着大狗過去看到鄰居躺在地上，向他問了幾句。這時鬍子先生家又走出兩個年青人，他們商量了一會，有人打了電話，不久嗚嗚的來了救傷車。救護員把老人家抬上救傷車，他很清醒，請鬍子先生通知他女兒。

這時貓兒們各自散了，三色貓對我說：「你是新來的，晚上想吃東西到藍屋去。」

我記起我最要緊是找到黃豆回家去，可是一點線索也沒有，黃豆，叫我到哪裏找你？

我東找找，西找找，路經那間藍屋，記清了它的位置。

太陽很好，下午很暖，我走進附近一個小公園，裏面竟一個人也沒有。門前有告示畫着一隻狗，上面

有紅色圓圈加一橫，我知道是不准狗兒進入的意思，我是貓，不在此限。

　　昨晚睡得不好，我在一張長椅上睡着了。我做了一個夢，夢見嫲嫲爺爺回來不見了我和黃豆，放聲大哭。又夢見黃豆被汽車撞傷，爺爺叫了救傷車，救傷車來了卻不肯救黃豆，說他們救人不救貓。我抱着黃

豆傷心得流出眼淚。黃豆哭着伸出舌頭來舔我的眼淚。

我哭着醒來，睜開眼睛，眼前竟是黃豆的頭，他真的舔我了。我怕是做夢未醒，咬了一下自己，痛！我不是做夢！我找到黃豆了！我緊緊抱住了他！

「我找得你好苦！昨夜你怎樣了？吃過東西沒有？你怎麼找到我的？」我一連串的問。

「我可不可以不説？」他笑着説。

「好，以後慢慢告訴我。現在最要緊的是找到回家的路。」

「因為我們從來沒有出來過，對外面完全沒有認識，只能碰運氣了。」

説着説着我們覺得餓了，決定到藍屋去，原來他也聽説過。

藍屋是一間有很多窗戶的屋，所有窗戶透着溫暖的燈光。我們爬上露台，見已經有十多隻貓兒在等候，包括早上那隻三色貓。我望進屋裏，見牆上掛的全是我們貓族的照片。几上、鋼琴上、火爐上都是貓的擺

設，但不見屋裏有貓。

等候的貓兒都很有耐性，忽然大家擠了一下，因為看到一位老太太從樓梯上走下來。老太太穿着圍裙，大概剛在上面做家務。她的圍裙上也印有一隻貓baby。她拿着一小桶貓糧，推開露台的滑門，詫異的說：「今天來的客人特別多。」

小桶裏的貓糧看來不夠，她又從一個大袋子裏添加。

「啊，我還看見兩位新朋友！」她拍拍我和黃豆的頭。

這時她身後的門開了，進來一個十來歲的小伙子，拉着一部手拉車，上面有幾份報紙。

黃豆眼利，他興奮地說：「我認得他，他是派區報的。」

「是呀，他一個星期來我們家派報兩次。」

「看來他是老太太的孫兒。」

我們看到他換上家居衣服，他抱了抱老太太，老

太太親了他一下。

　　我忽然想到一個主意，如果我們跟他去派報，他會去到我們家。想到這裏我的心卜卜跳，連東西也不吃了。

　　「黃豆，過來，我們有辦法回家了。」

　　我把想法告訴黃豆，黃豆歡喜得跳起舞來。他説：「可惜他今天已經派過報了，要等星期三才再派。」

　　星期一和星期二，我們試試自己的運氣去找我們的家，可是都失敗了。不過我們發現了一間學校，夜裏我們就在一個不怕風雨的角落睡覺。

　　終於等到星期三了，我們知道他是在放學後派報。我們躲在看到他家大門的一堆矮樹後面，看到一部小貨車在他家門前卸下一大疊報紙，看到這個叫 Stephen 的少年人放學回家，看到他把報紙放上手拉車……我們開始跟蹤他，看到他把報紙派進每一家……手拉車上的報紙越來越少，還是看不到我們的家。

後來我們看到一個梳馬尾的少女，她時常在我家門前走過。我們又看到一個高瘦的男人拉着他的矮腳臘腸狗，我們知道家已近了。可是那臘腸狗發現了我們，向着我們狂叫，嚇得黃豆逃出十多呎遠。

　　終於我們看到我們的家！家，甜蜜的家！等Stephen 派了報紙，我們繞到屋後，從那小洞鑽了進去。黃豆一進去就在地上滾來滾去，又去沙盆小便。然後大口大口吃貓糧，骨都骨都的飲水。我樓上樓下看個遍，餐桌上那張表還在，但是沒再填。

　　我們不確定爺爺嫲嫲哪天回來，總是這幾天吧？相信 Martin 他們因為我們失蹤都急死了，不知怎樣向老人家交代。相信在爺爺嫲嫲回來之前，Katherine 會買來一些糧食。她見到我們時會怎樣呢？

　　第二天黃昏時，我們聽到門外汽車抵達的聲音，跟着是開大門的聲音……我和黃豆早等在門前。Katherine 進門一開燈，見到我們並排坐着望向她，手上的兩袋東西都掉在地上。

「Oh, my God ！我是在做夢吧？」她又哭又笑的一手一個抱起我們，親了這個又親那個。「你們是怎麼回來的？是大哥找到你們，未來得及對我説？」她坐在沙發上，把我們放在膝蓋上，開始打電話。

「Martin，是你們尋回兩隻貓？……沒有？……牠們都在嫲嫲屋裏……沒可能？……你們過來看！」

半小時後他們全家都來了，Michael 抱着黃豆親吻，眉開眼笑的説：「擔心死我了！」當然，追究起來，他的責任最大。

他們議論紛紛，研究各種可能，但都被其他人駁倒。不過他們一致同意，這件事別讓爺爺嫲嫲知道。他們還説，爺爺嫲嫲年紀大了，以後多順着他們點，別惹他們生氣。爸爸對 Michael 加多一句：「知道嗎？」Michael 點頭説知道，以前很少像這樣不駁嘴。

他們逗留了很久才走，臨走 Katherine 為我們添了糧水，換了廁盆的沙，請我們吃了點心，還開玩笑的對我們説：「老人家明天就回來了，別把事情告訴

他們！」

　　老人家第二天依時回來，一進門就抱我們，親了一個又一個，還說：「你們都瘦了！我天天都掛念你們，做惡夢說你們不見了！哭死我了！」

　　一個星期後，嬤嬤邀請全家人回來吃晚飯，說是多謝他們照顧兩隻貓。

　　晚餐很豐富，飯後有嬤嬤拿手做的芝麻糊。大家吃芝麻糊時，她把我們抱在膝上，從衫袋裏掏出一張紙說：「我想知道是什麼一回事？」

　　我瞥見紙上有我和黃豆的照片。

　　「昨天我和爺爺去公園散步，在電燈桿上看到這張尋貓啟事。」嬤嬤說。

　　他們吃芝麻糊的匙羹都停在半途。

「卡樂 D」上學記

這一家人，個個都要上學。爸爸是老師，媽媽也是老師；姐姐是學生，弟弟也是學生。只有我一個不用上學，因為我是一隻小狗。

他們一個個的上學去了，把我一個留在家裏，可真悶呀！

我只得到露台的欄杆邊望街，看街上的汽車來來往往。運氣好的話，也會看到幾隻狗經過。牠們有的被人牽在手上，有的卻自由自在。無論如何，牠們的處境都比我好，使我羨慕。有時我會忍不住跟牠們打招呼，牠們卻裝做聽不到，連向上瞧一眼也懶，真可惡！

其實這附近的街道我都很熟，因為兩姐弟常帶我下去散步。可是對我來說，學校卻是一處神秘的地方，他們一家除了假期之外天天去，我卻一次也沒有去過。

於是我對自己說：我也要去上學！

機會終於來了。那天他們早上一同出門，這個說忘了帶傘，那個說漏了錢包，在門前進進出出。我趁他們不留神，靜靜溜了出屋。他們乘電梯，我跑樓梯。我讓他們先走，然後我遠遠的跟着他們。

　　到了街上，爸爸、媽媽、姐姐都乘車去了，只有弟弟繼續走路，因為他的學校離家不太遠，又沒有巴士經過，所以他每天都是走路上學，這是我一早聽他們說過的。

　　跟了兩條街，一隻渾身骯髒的狗從路邊跑過來跟我搭訕。像這樣的流氓我才不睬牠呢！我狠狠地瞪了牠一眼，把我的牙齒露了出來，讓牠討了個老大的沒趣。

　　弟弟忽然走進了一間小士多店。他已經吃過早餐，跑進去買什麼呢？

　　唔，原來是買冰棒！媽媽常說一大早吃冰棒沒有益處，他卻不聽媽媽的話。哼！可惜我的話他媽媽聽不懂，不然讓我告他一狀，免得他把肚皮吃壞。

　　他很快就把冰棒吃完，來到一間大房子門前。我

看到裏面已經有不少小朋友，還有不少小朋友陸續到來，身上都背着書包。我想：這裏一定就是學校了。

弟弟一走就走了進去，我也連忙跟着。卻有一位阿伯，正在門裏掃地。一見我進去，二話不說，拿起掃把就打。不是我走得快，這一下打在身上一定很疼。好狗不吃眼前虧，我逃到馬路對面，蹲在路邊的一棵大樹下，打量學校裏的情況。

背着書包的小學生不停前來，那年紀小的還有媽媽或爸爸帶着，卻誰也沒有把狗帶來。這地方似乎對我們很不歡迎，否則那阿伯不會一見我就用掃把來打。

忽然響起了長長的鈴聲，把我嚇了一跳，也把沒有進大門的孩子嚇了一跳，他們一個個拔腳飛奔，就像發生什麼大災難似的，往學校裏衝。

我看到進了學校的孩子，一行行排起隊來。人太多，個個穿着一樣的衣服，一時間我找不到弟弟，不知他排在哪一行。卻有一些遲到的，垂頭喪氣的被罰着站在一邊。於是我知道他們一家為什麼早上那麼緊

張地趕着回校，原來遲到是要被處罰的。

排好的隊伍一行行上樓去了，連那班因遲到被罰的學生也解散了。學校門裏一片寧靜，連那掃地的阿伯也不見了。

我忍不住走過馬路，探頭進去，果然一個人也沒有。大着膽子進了校門，正想四處看看，背脊上忽然一陣痛楚，忍不住一聲尖叫，夾着尾巴逃出了校門。回頭望時，又見那阿伯手上拿着掃把望着我冷笑，剛才是他在我背上打了一記！真是人眼看狗低，我又犯着他什麼了？這麼欺負我！君子報仇，十年未晚，遲早要咬他一口出氣。

受了剛才的教訓，我再不敢冒險。決定在附近到處走走，等到快放學時，來學校門前接弟弟一同回家。

到處溜躂了一番，跟一隻流浪貓打了一架，這傢伙真卑鄙，一不小心竟被牠在頸背上抓破了一道口子。又跟一隻狗妹妹一同玩了一會兒，後來牠被人帶走了，我們連住址都來不及交換，真是可惜。

　　附近再沒有什麼好玩的，我不知不覺又回到學校門前。卻見我那仇家正走出學校大門，手上拿着一疊信，大概是拿去寄吧。我往樹後一閃，看着他去得遠了，才走出來。

　　良機莫失，我一竄就進了校門，跟着三步併作兩步的跑了上樓。

　　樓上是一道長廊，欄杆邊擺滿了散尾葵、大紅花、聖誕樹一類的植物。對着長廊開了好幾扇門，我躲在花盆後面，向一道門裏望去，見是一個大房間，裏面坐滿了學生；一位老師正在黑板前面講解些什麼。我用鼻子嗅嗅，知道弟弟不在裏面。於是，我走到另一個房間門外……

　　我終於找到有弟弟在裏面的房間，可是我不敢進去，我怕那老師會用什麼打手心的尺打我。我躲在花盆後面等機會。

　　鈴聲響了，那老師再講了幾句之後便走了出來。是時候了，我一竄便竄進了課室。在一連串的驚叫聲

之後，我聽到弟弟喚我的名字：

「卡樂 D！」

「卡樂 B」是一種薯片的名字，弟弟喜歡吃，我也喜歡吃。小朋友學英文，有一句是 D FOR DOG，因此他便替我取了「卡樂 D」這個名字，全家也跟着叫，這名字不錯，我很喜歡。

我高興地跑到弟弟身旁，爬到他身上跟他親吻。驚叫聲變為歡笑，許多小朋友圍住了我們。那膽子大的還用手來摸我，我友善地對他們搖尾巴。

「卡樂 D，快回去！老師會罵的！」弟弟拍着我的頭說。

可是不知什麼時候，老師已經走進了課室。

「是誰把小狗帶回來的？」是一位年青的女老師，她皺着眉頭問。

「我沒有帶牠回來，是牠自己突然走進課室來的。」弟弟的樣子似乎很害怕。

「是的，王老師，卡樂 D 是突然走進來的！」好

幾個同學幫着做證人，他們已經記得我的名字了。

王老師又看了我一眼，我起勁地對她搖尾巴。她笑了，她説：

「看上去這小狗很乖，不會咬人，我們就讓牠留在這裏上一課吧！」

同學們一同拍起掌來，我也高興得輕輕叫了一聲。本來我想像他們那樣，找個位子坐下，可是每張桌子都坐滿了，我只好坐在弟弟的旁邊。

王老師説：

「大家要安靜一些了，今天我們來玩一個語文遊戲。」

説着她在黑板上寫了一個「狗」字，我認得這個字，因為弟弟給我認過。我的記性很好，只要見一次便記得，何況這個字正是代表我們這個種族呢！

跟着她要大家用「狗」字來做什麼配詞、配成語和諺語，聽得我莫名其妙。但是我明白她要大家用「狗」字帶頭，還要兩個字、三個字、四個字的依着

次序做下去。孩子們都嚷着說難，老師鼓勵大家試一試。

他們七嘴八舌地搞了好一會兒，黑板上終於出現了一個三角形。

弟弟曾經把它抄了下來，那是這樣的：

狗

狗肉

狗皮膏

狗尾續貂

狗眼看人低

狗嘴不出象牙

對於這個三角形，我是很不滿意的，簡直是一種「狗身攻擊」，把我們做狗的全身都說得一無是處。

可能因為他們所說的我有許多聽不懂，加上這個早上我跑了許多地方，覺得疲倦，不知不覺間睡着了。

也不知睡了多久，是鐘聲把我吵醒的，原來這一課已經上完。我聽王老師說：

「下一節是體育，何老師今天請假，我帶你們到操場踢球。」

孩子們興奮地叫好。聽説不用再悶在課室裏，我也高興。於是我又大力地搖着尾巴，希望他們也帶我去。

在操場上他們分成兩隊，身上掛着不同顏色的布帶，一隊是紅隊，一隊是藍隊。弟弟是紅隊，被分派做龍門員。分派色帶的時候，紅布帶多出了幾條，弟弟拿一條替我掛上，這使我很高興，我也算是紅隊的球員了。

弟弟守龍門，我也坐在龍門旁邊監視着對方射過來的球。

對方的龍門是全班同學中最高最大的一個，弟弟比起來是這麼瘦小，紅方在防守方面是比較吃虧的。

開球不到五分鐘，紅方就被人家攻進了一球。弟弟不開心，我也不開心。

紅方反攻了，射了好幾次，都給對方的龍門員把

球接去。

　　後來對方犯規，紅方才靠一個罰球追成一比一平手。紅方球員個個高興得跳起來，我也幫着吶喊助威。

　　王老師宣布還剩最後一分鐘時，兩邊的球員都分外緊張，想在這最後六十秒裏，再多踢進一球。

　　最後十秒鐘，球兒被藍隊腳法最好的隊長搶去。他左盤右扭，避過了兩個紅隊隊員的攔截，在離龍門六、七碼處，踢出一個又勁又急的球。弟弟連忙飛身撲救，球兒碰着他的膝頭，斜斜彈向龍門的右下角，眼看就要入網。

　　說時遲、那時快，狗急智生，我一個滾身擋在門前。「嘭！」的一聲，我眼前金星四冒，被球兒撞得騰身飛起，重重的跌進了龍門。

　　到我稍為清醒時，已經被弟弟抱在手中。紅隊的隊員們興高采烈地圍着我們。原來球賽已經完結，剛才那一球並沒有射入，大家以一比一打和。

　　弟弟還雙手把我高高舉向空中，像舞獅子似的舞

動起來。

　　忽然一個我害怕的面孔出現在眼前，正是那掃地
的阿伯。他伸出手來拍拍我的屁股説：「唔，這傢伙
怪精靈的！」大概他也看到剛才我勇救險球的表演了。
假如他來拍我的頭的話，我會咬他一口——至少要嚇
他一下，哼！

　　跟着就放學了，我伴着弟弟一同走路回家。我一
面走一面想：

　　「學校的生活實在很有趣，假如准我天天上學，
我會做一個用功的好學生的。」

斑馬的爭論

繪圖：陳燕貞（Jaclyn Chan）

阿濃的話：

　　上課的時候，老師叫大家畫八匹斑馬，Jaclyn 畫了五匹，把畫帶回家完成。到上課那天，她才把畫紙拿出來。她需要再畫三匹，可是紙上位置不夠。於是她讓兩匹站起來，才用了五分鐘。這是一幅構圖巧妙的畫：八匹斑馬連成一片，五匹向左，三匹向右；六匹四腳踏地，兩匹前腳懸空；或垂頭，或昂首，或平視，極盡變化。其中若干匹互相遮擋，Jaclyn 仍把牠們的腳從適當位置伸出來，這是一般孩子做不到的。

在很久很久以前，斑馬有一個強大的族羣。牠們體格強壯，又十分合羣。因為牠們互相之間很容易望見，就像我們穿了同樣的制服，要聚在一起比其他人容易得多。當牠們成千上萬聚在一起時，就形成一股強大的力量，連獅子老虎也不敢侵犯牠們。

牠們是和平的種族，像牛、馬、羊一般，只吃草，不吃肉，因此牠們不會去侵略和傷害其他動物。

牠們在動物界享有很高的榮譽。

像人類一樣，斑馬族羣也有牠們的領袖，由體格最強壯，最有生存智慧的斑馬擔任。現在這個斑馬族羣有一個正領袖，一個副領袖。牠們本來合作愉快，譬如一個負責白天活動，一個負責夜間警戒；一個負

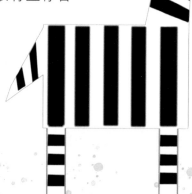

責找新的水草之地，一個照顧新生斑馬仔的安全。

不過越是有智慧的生物，越可能產生一些古怪的想法。有一天，正領袖望着滿山谷的黑白條紋説：「其實我們身上是黑底白條還是白底黑條呢？」

副領袖想也沒想便説：「白底黑條！」

正領袖説：「你有什麼根據？我認為是黑底白條。」

副領袖説：「你又有什麼根據？」

其實牠們都沒有根據，只是對對方的説法不服氣。

想不到這小小的分歧，竟一天比一天擴大。正領袖時常拿這個問題詢問斑馬中的組長，如果回答説「黑底白條」，牠就分配牠們去水草肥美的地方。如果説「白底黑條」，就會被分配去水源不足、荊棘叢生的

地區。

　　副領袖也常拿這個問題詢問組長們，如果回答説「白底黑條」，牠就分配牠們去平坦無風的地方歇息。如果説「黑底白條」，就分配牠們去凹凸不平和寒冷大風的地方睡覺。

　　如果偶然發現某種味道特別好吃的草，正領袖便悄悄喚他的「黑底黨」徒去享用。

　　如果發現某處的泉水特別甜，副領袖便發出暗號，讓「白底黨」搶先去飲。

　　兩個領袖的偏私做法，造成斑馬社羣的分裂。兩派時常有一些小爭執、小糾紛，小爭執小糾紛造成積怨，漸漸形成大爭執和大糾紛。兩派斑馬竟發生戰爭，一打就打了十年。在斑馬歷史上稱為「十年浩劫」。

　　十年浩劫的結果是斑馬族羣的數量剩下十分之一，被人類注意到這個趨勢，把牠們列為「瀕臨絕種的動物」。

　　副組長在一場戰爭中陣亡了，正組長因為年老多

病，快將離開這個世界了，他臨終時對大家說：「我們不為種族的繁榮昌盛努力，卻在無意義的小事上爭執，這是多麼愚蠢呀！」牠留下了一句格言：「不論黑底白底，有條紋的都是好兄弟。」

天下烏鴉一般黑

黃昏時候，西天還有些兒殘霞，幾十隻、幾百隻烏鴉往同一方向飛去，傳來啞啞的叫聲。這景況每天都會出現。

這棵高高的柏樹上有老烏一家，老烏爺爺今年二十歲，在烏鴉中已算很老。

他的大兒子烏勇，望着天空的鴉羣對父親説：「爸，我去開會。」

「這新一屆的烏眾大會開了多少天了，連會議主席都選不出，這樣的會開不開有什麼分別，別去了！」老烏説。

「就讓我們開個家庭聊天會，孩子們可以提出問題讓我們回答。」大兒媳烏麗説。

大家都贊成。

「為什麼我們要穿一身黑？」大孫黑孖孖立即問。

「你知道烏鴉的『烏』字何解？」老烏問。

「解做黑色，像『烏雲』就是黑雲，『烏賊』會噴墨汁。」大孫説。

「所以我們穿黑衣是理所當然。」老烏説。

「現在流行染髮，我想染成一隻彩色烏鴉。」二孫女黑漆漆説。

「人類的浮華影響到我們鴉類了。」老烏搖頭。

「爺爺，為什麼人類認為我們不吉利呢？」最小的三孫黑洞洞問，「他們有一個節日叫 Halloween，在門外擺放許多他們認為可怕的東西，骷髏骨、女巫、蜘蛛、墓碑、蝙蝠、老鼠……還有，還有我們烏鴉！」

「我見過有一家草地上站立着十多隻烏鴉，看清楚才知道是假的。我們真的很可怕麼？」黑孖孖不服氣的説。

「誰叫我們是黑色的呢？人類喜愛光明，害怕黑暗，連帶黑色也變成壞的代表了。如果運氣不好，他們就説『頭頭碰着黑』，壞人的組織叫『黑幫』……

連貓中的黑貓也讓人害怕。」老烏説。

「黑色也有好東西呀，黑漆漆的眼睛，烏溜溜的頭髮都代表美呀。」烏麗説。

「爺爺，除了迷信，人類還有其他原因不喜歡我們嗎？」黑漆漆問。

「我們的聲音不好聽，是一種遺憾。」爺爺説。

「他們還認為我們的叫聲預告有壞事發生。」大兒烏勇説。

「其實我們哪有預言能力。朋友之中很多被汽車碰傷，跛了腳，事前一點都想不到。」烏麗説。

「記得我少年時在一個小鎮生活，」老烏説，「那裏的人不喜歡我的聲音，我一唱歌他們就用石子拋擲我。使我感到十分痛苦，準備搬去別處生活。半路遇見朋友貓頭鷹。他説：小朋友，你能不能改變你的叫聲？我説改不了，他説：你若改變不了聲音，搬到哪裏都沒用，一樣有人用石子擲你。」

「看來説話不好聽，就沒有言論自由。」烏勇歎息。

大家感到喪氣，一時靜了下來。

＊　　　＊　　　＊

這一區的烏鴉有增加的趨勢，這跟獨居老人越來越多有關連。老人太寂寞，孩子搬走後很少來探望。不再開車了，活動越來越少，把餵烏鴉當做消遣活動。

烏鴉的叫聲嘈吵，烏鴉的排泄處處，有人向市政府投訴。市政府開會後出了公告，禁止市民餵烏鴉，第一次犯規警告，第二次罰款一百元。

烏鴉們的食物立時不夠了。

社區每星期收集垃圾一次，分區分日進行。收集垃圾的日子，居民把垃圾桶推出路邊，等市政局的車輛來收集。

烏勇在烏眾大會上提議（大難當前，他們終於選出了主席），組織行動隊，往垃圾桶找食物。

行動隊都是精壯勇武的年青一代，他們揭開垃圾桶蓋，往裏面找吃的。甚至把整個垃圾桶翻倒，豬皮、魚骨、麵包皮、爛生果散滿一地。這時候大羣烏鴉飛

來，嘴啄腳扒，風一吹，散得更遠，發散着腥臭，引來蒼蠅。發怒的屋主，拿着掃把來驅趕，烏鴉躲開又來，有時還作勢還擊。這樣的攻防戰不同的日子在不同區分上演。

貓頭鷹以智者的姿態發言，説這種做法只會帶來人類進一步的嚴格對待，烏鴉應想法跟人類和平相處。

隊長烏勇説：「種族生存是起碼要求，活不下去談什麼和平？」

有一天，大家發現家家戶戶忽然換了一種新垃圾桶，它又大又重，還有一個可以上鎖的蓋。

烏勇帶領一個五鴉小組去嘗試推倒垃圾桶：垃圾桶只是輕輕晃動了一下。

貓頭鷹的預言成為事實。五鴉小組到處去尋找食物，幫助老的、小的、病的烏鴉。

＊　　　＊　　　＊

烏麗生小孩了，那是五顆蛋。灰綠的顏色，上面有褐色的斑。

　　把蛋孵出小烏鴉，要十六至二十天；再把小烏鴉餵大到會自己飛，自己找東西吃，要一個月。所以這五十天裏作為爸爸的烏勇會好緊張。

　　他監視每個走近的人，誰要是走得太近，他便對他高聲警告，還在他頭頂盤旋，忽左忽右的在離他一兩尺處掠過。

　　那天一個漢子手上拿着照相機，不理烏勇的警告，對着烏麗的方向拍照。烏勇生氣了，去啄他的頭髮。誰知頭髮竟離開那人的腦袋，原來是假髮。烏勇把假髮帶進窩裏，給剛破殼出來的小烏鴉做牀墊。氣得那漢子對着柏樹大罵，樹上的烏鴉都看到他的光頭在冒煙。

＊　　　＊　　　＊

　　小烏鴉長大期間，烏勇到處找尋食物。有野果，有昆蟲，種類都很多。有蚯蚓，味道鮮美。有水邊的死魚，石陰處的貝類，沙灘上跑走的小螃蟹。

　　小烏鴉飛得很好了，烏勇帶他們去找東西吃。每

一隻都吃得肚皮脹卜卜的回來。

這一天，老鳥又開了一個家庭會議。

「孩子們，跟大家商談的結果，我們決定搬家了。搬去離城市較遠的地方，我們不再依賴人類的垃圾桶生活，大自然會供應我們，我們的食物會更新鮮更美味更多樣。

「我們的祖先生我們為雜食動物，什麼都能吃，所以一定餓不死。我們的適應力很強，地球上到處都有我們黑色的蹤影。從此我們可以大聲講話高聲唱歌，不怕人憎嫌。我們仍穿一身黑，像紳士的禮服，不再是不吉利的喪服。

「我們會活得更健康、更有尊嚴更快樂！」

他說完，大家都拍着翅膀讚好，滿懷信心迎接新生活。

他們選了一個大晴天，一行十六隻烏鴉，繞着這個社區飛了三個圈，在白雲的襯托下，十六個黑色的影子，漸遠漸小，飛向東北方。

咪咪日記

八月十二日　星期日　晴

　　今天是星期天，蘇珊老太像平常一樣，早上六點便起牀了。臉還沒有洗，便去煮咖啡。我對咖啡沒有好感，便吵着要到花園去。

　　蘇珊老太開了花園的門讓我出去，草地上的露水沾濕了我的毛外套。草太長了，上星期她兒子沒來幫她剪草，這個星期天該來了吧？我知道她從星期一到星期六都盼着兒子回來，星期天能和兒子相聚，是她最開心的一天，如果不來，她不知有多失望。

　　園子裏其實也沒有什麼好玩的，一隻松鼠鬼鬼祟祟的從柵欄上跳下來找東西吃。牠們都是大近視，看不到我。雖然牠們的名字也有個「鼠」字，但不是我要對付的傢伙。為了顯示我是這個園子的主人，我還

是向牠撲了過去，嚇得牠急忙爬上一棵柏樹，還發出吱吱的驚叫聲。哈哈！讓你知道本小姐的厲害。

我回到屋子裏去的時候，蘇珊老太正在吃早餐。我的盆子裏也有一份，這種罐頭貓糧我已經吃過許多年了，她不知我有多厭。不過她自己的早餐也是五十年不變，真服了她。

吃過早餐她去洗臉化妝，每逢上街之前，她都花很多時間在她的臉上。她今天會去教堂，那打扮就更隆重。我胡亂吃了幾粒那不知所謂的早點之後，便用口水為自己洗臉。我們是不化妝的，天生麗質嘛！

門鈴響了，是隔壁的溫太太，她來接蘇珊太太同去，我上前跟她打了個招呼，她伸手摸了摸我。今天她大概換了一隻新牌子的香水，那味道害得我一連打了幾個乞嚏。她似乎發覺了這一點，高聲説：「我女兒從巴黎帶了一個新牌子的香水給我，我喜歡這種香味，不過你家咪咪似乎聞不慣。」

蘇珊老太也有個女兒，這許多年我只見過一次。

那一次她全家從美國來旅行，之後便不曾出現過，連電話也很少打來，更不要說送香水了。蘇珊老太有時不叫我咪咪，叫我「女女」，大概是把我當做她的女兒了。

兩位太太出門之後，我有個清靜的時間，便蹲在窗前看街上的風景。這條街上的人我都認得，但肯跟我打招呼的只有一個，她是住在街角的仙蒂。她每天上學放學都會經過我家，見到我在窗前，總會高聲叫我的名字。雖然隔着厚厚的玻璃，我仍然可以聽到：「咪咪！」我便「妙妙」的回應她。可惜我的聲音小，她聽不到，但我相信她可以看到。

星期天仙蒂不用上學，但會跟她祖母去教堂。祖母開車，仙蒂坐在旁邊。車經過我家時，仙蒂伸出頭來叫「咪咪！」我伸手跟她打招呼，可惜我碰到的只是厚厚的玻璃。一個多鐘頭後她們從教堂回來，仙蒂故意不坐車前的座位，要坐在後座可以看到我窗戶的位置，她同樣高聲喊道：「咪咪！」她的祖母似乎很

合作，經過時總會把車開慢一點。

　　我蹲在窗前還可以看到街東的肥伯拉着他的沙皮狗經過，我也可以看到街西的高佬拉着他的老虎狗經過。兩狗見面，一定會驚天動地的狂叫一輪，並且互相要撲上去咬對方，這時肥伯和高佬會高聲喝止牠們。唉，牠們總是用咒罵代替互相問好，真是粗野的動物！

　　蘇珊老太從教堂回來後，打了好幾次電話。我知道她是打給兒子的，不過電話那邊似乎沒有聲音。當然啦，這一代年青人星期天哪個不睡到下午兩三點，怎會聽你的電話？電話打不通，蘇珊老太隨便吃了她的午餐之後，開始煲湯，做菜，準備甜品，希望兒子會回來吃她煮的東西，也幫她剪草，修補一些破爛的家具。

　　蘇珊老太比平常遲了一個小時吃晚飯，她獨自一個吃，一面吃一面抹眼淚。我跳上她的腿，咪嗚咪嗚地安慰她。她輕輕撫拍我，然後大力地醒鼻涕。

　　這時我忽然聽到一陣熟悉的汽車聲，便立即跳到

窗台上向外看，我的心歡喜地卜卜跳起來，是她的兒子回來了！我又立即跳下來，跑到門口準備迎接他。

蘇珊老太趕忙抹乾了眼淚去開門。

「這麼晚才回來，快吃飯！」

「不忙，趁天沒黑剪了草再吃。」

很快園子裏響起剪草機的聲音，蘇珊老太忙着熱湯、熱菜。

剪草機的聲音把我催眠，到我醒來時，蘇珊老太的兒子已經在吃飯。他大口大口的喝着湯，蘇珊老太看着他，一臉的滿足。

這一個晚上

白頭翁爸爸和白頭翁媽媽生下了兩隻小白頭翁，一隻叫大白，一隻叫小白。

大白和小白都開始學飛了，由這棵樹飛去那棵樹，再由那棵樹飛回來。

大白和小白都開始學着找尋食物了，不過牠們的本領還沒學到家，仍然要爸爸媽媽捉蟲回來餵牠們。

一直以來的規矩是這樣：爸爸媽媽不論是誰找到食物都會立即飛回來，這次餵了大白，下次便餵小白，然後大白、小白輪流餵下去。

今天不知為什麼，中間把次序搞亂了，大白一連吃了兩條蟲，小白變成少吃了一次。

小白因此很不高興，覺得爸爸媽媽偏心，而且小白記得，這樣的事已經不是第一次了。

所以在爸爸媽媽疲倦地歇息下來時，小白故意

嚷道：

「我的肚子很餓呀！我還沒有吃飽！」

媽媽本來想再去飛一趟，爸爸卻喝道：「嚷什麼，別理牠！」

小白想：

「爸爸對我這樣無情，我要離家出走！」

他記得附近一棵樹上，有一個空的鳥巢，正好用來居住。趁着天還沒黑，牠便一聲不響地飛了過去。

小白在那空巢裏生了一會兒氣，又哭了一會兒，心情漸漸平靜下來。他想：「爸爸媽媽其實不是故意的，我為什麼這樣的小氣！」

這時一條名叫銀腳帶的毒蛇從小白不遠處游過，小白的心兒卜卜跳。幸而銀腳帶已經吃飽了，不然小白可能已經成為牠的點心。

小白想：「這地方危險重重，今天晚上住一夜，明天我還是回家吧！」

他朦朦朧朧的睡去，半夜卻被一陣冷風吹醒，小

白打了一個冷戰，跟着忍不住地發抖。

「好冷呀！」他盡量把身體縮成一團。

　　他想立即飛去爸媽和大白身邊，大家擠在一塊兒，便會很暖很暖。

　　可是牠感覺翅膀已經冷得帶點僵硬，牠怕飛到一半會掉下地面。

　　於是他只得一面發抖一面哭泣，盼望黑夜快些過去，太陽會帶來温暖。

　　忽然他眼前出現了幾個黑影，還帶來一陣熟悉的氣味，跟着是幾個温暖的身體跟牠擠在一塊兒，原來是爸爸、媽媽和大白，他們知道小白飛不過去，便一同飛了過來。

罵人的了哥

　　我家養了一隻鸚鵡、一隻了哥。鸚鵡會說許多話，了哥卻只會說三句。

　　第一句是：「討厭！」那天我見牠吃粟的時候，濺得四處都是，罵了牠一聲「討厭」，牠就學會了。

　　第二句是：「蠢豬！」那天我餵牠吃葡萄，牠啣不穩，掉進牠的糞便之中，白白浪費了一粒又大又甜的葡萄，我罵了牠一聲「蠢豬」，牠就學會了。

　　第三句是：「睬你都傻！」那天我在吃餅乾，牠在籠子裏跳來跳去，眼睛盯着我手上的餅，分明想吃，後來還呱呱呱呱的大叫起來。我恨牠平日高傲，對我愛理不理，如今牠向我取食，我便報復地說：「睬你都傻！」想不到牠也是一下子便學會了。

　　可是我幾百次的教牠說「早晨」，幾百次的教牠說「謝謝」，幾百次的教牠唱生日歌，牠總是毫無反

應，像聾的、啞的一般，把我氣得要死。

　　那天我坐在露台的籐椅上看書，看得眼倦，不覺睡去，朦朧中聽見一段對話：

「喂，了哥，為什麼你對他們只説那三句話？」

「鸚鵡，你有所不知，我偶然闖進來找東西吃，被他們捉住關起來，從此失去了自由，我恨他們，所以我只肯説罵人的話。」

「其實他們對你也算不錯了，你又何必這般固執呢？」

「為失去自由而悲傷的鳥，無法發出悦耳的聲音。」

這時我手上的書滑跌在地上，我俯身去拾的時候，看到了哥和鸚鵡都在看着我。

我跟着打開了關了哥的籠門，對牠説：「朋友，我要還你自由。」

了哥好像不相信我是真的，從籠子裏試探着出來，終於一飛飛上了箣杜鵑的一根橫枝。在牠振翅高飛之前，我清楚地聽到牠説：

「謝謝您，我們後會有期！」

電飯煲日記

四月四日　星期日　雨

　　聽見老祖母洗米的時候說：「今晚只有四個人吃飯，煮三『嘜』米便夠了。」

　　我有點失望，我喜歡煮滿滿一煲飯，打開我的蓋子，白雪雪的，香噴噴的，看上去也滿足。可是今天只煮三「嘜」米，大約是六碗飯左右，只能裝滿我肚皮的一半。

　　開飯的時候，聽見門鐘響。跟着聽見老祖母問：

　　「啊，大強小強，你們回來了，吃過飯沒有？」

　　「因為雨太大，節目取消了。」大強說。

　　「有沒有飯吃呀？好肚餓呀！」小強說。

　　「那麼快坐下來吃飯吧，你們及時趕到。」祖父說。

「看來這一餐他們不夠吃了。」飯勺子對我説。

「你放心，我怕的是還有冷飯剩。」我很有把握地對飯勺説。

祖母替大家每人裝了一碗飯，自己只裝了一點點説：「冰箱裏還有昨天吃剩的湯渣，很有益的，我要熱一熱把它吃掉。」

祖父把自己那碗飯倒回我的肚裏説：

「我喜歡吃麵包，麵包搽腐乳、夾肉鬆，味道好到不得了。」

媽媽説：「我今天磅重，發覺又重了幾磅，還是少吃一點飯，寧願飯後多吃點水果。」

媽媽又將半碗飯倒進我的肚皮。

現在輪到爸爸了，他捧起飯碗來想了一想説：

「今晚約了老李談出版的

事，談完一塊兒去吃消夜，現在不要吃得太飽。」

他也在碗裏減掉一半。

大強和小強沒有說什麼，他們像平常一樣的吃飯、添飯。

到人人都吃完了，祖母收拾一切，她打開我的蓋子一看說：

「奇怪，每次都是這樣！有時飯煮多了還是不夠吃，飯煮少了反而會剩下！」

飯勺對我說：「飯煲兄，果然被你猜中了。」

我說：「這又不是第一次，就算是大飯桶也一樣猜得中！」

盲人花王

學校的「花王」（園丁）因年老退休了，要請一位新的花王代替。

校長是愛花之人，她要校園裏四季不斷都有花兒開放。除了種在地上的之外，還要一盆盆的放在露台上、走廊上。

她在報紙上刊登了一幅廣告，說一間學校聘請有經驗的花王，薪金不錯，還供應住所。

應徵的人不少，校長約他們同一天來見工。

見工的人來了一個又一個，最後來的是一個盲人。

書記小姐對校長說：「你今天見了許多人已經很疲倦了，最後來的是個盲人，你不見也罷，讓我叫他回去吧。」

校長說：「就因為他是盲人，既然辛辛苦苦地來到，我怎能不見他呢？」

　　於是盲眼的應徵者被請進了校長的房間。

　　書記小姐帶他到校長對面的椅子上坐下。

　　校長問他做花王多少年了？眼睛看不見工作會不會不方便？

　　盲眼的花王說他從很小的時候便跟着父親種花，正式做花王也已經有三十年，眼睛看不見當然有點不便，可是他會努力克服。他說一個父母早死的孩子如今跟他一起生活，大家親愛得像父子一樣。如果他獲得僱用的話，他希望校長收孩子在這間學校讀書，放學之後孩子會幫他工作。

　　為了證明他的工作能力，花王對校長說，這房間裏至少有一盆茉莉、幾盆散尾葵，窗外不遠處還有一棵桂花。

　　校長證實他說得很對。校長說：「我知道你能嗅到茉莉和桂花的香味，可是你怎麼知道有散尾葵？」

　　盲眼的花王說：「剛才有一陣清風吹進來，我聽到它們葉子被風吹動的聲音。」

他又不用帶領，走到窗前那些盆栽旁邊，俯下身去，用手指敲敲那些花盆，花盆發出不同的聲音。

　　他說：「茉莉大概淋水不久，可是幾盆散尾葵卻是太乾了。」

　　校長說：「你能從花盆的聲音知道盆裏泥土的乾濕，你的確是一個有經驗的花王。」

　　校長跟着說：「我們願意請你，你哪一天可以上工？」

　　盲人臉上露出歡喜的神色，他說自己隨時可來。不放心的書記小姐還想說些什麼，校長已經跟盲眼花王握手說：「謝謝你肯來幫忙！」

校長的戒方

校長先生很少帶着「戒方」上台，我在這間學校讀了五年，只見過一次。

那次是一個長得很高很大的六年級同學，欺負一個低年級的同學，一拳打腫了他的嘴角。

打人的和被打的都上了台，上台的還有生氣的校長，他手上拿着本校唯一的「戒方」。

「戒方」是一把木做的尺，長長的、薄薄的，打起人來一定很痛。它平日放在校長室的一個玻璃櫃裏，還用鎖鎖着。

「戒方」不是什麼值錢的東西，為什麼要鎖在櫃裏呢？我們不知道。

那是我第一次看見校長打人，他很激動，他説這樣高大的一位同學，不應該用暴力對待一個比他小這麼多的同學，因此一定要重重的處罰。

禮堂裏靜得只聽見屋樑上的麻雀在叫，板子很清脆的響了三下，打人的同學強忍着痛，打完之後才用手背抹了抹眼角，倒是那被人打的小同學忽然哭起來，不知是不是可憐那個打他的同學。

　　可是，今天校長又帶着那把尺上台了，是誰又犯了嚴重的過失？禮堂裏嗡嗡的議論了一番，便忽的靜了下來。

　　校長把「戒方」平放在他面前的桌上，開始講話了。

　　他説，曾經有同學問他，為什麼要把「戒方」鎖在櫃裏？他今天要告訴大家，那是因為他想在找鎖匙開鎖的時候，有時間讓自己冷靜一下。「是不是可以不用呢？」不止一次，他把開了的鎖又再鎖上。

　　今天他把「戒方」帶上台，不是因為有同學犯了錯誤，而是因為學校已經收到通知，全香港的學校，將會取消體罰。

　　校長拿起桌上的「戒方」説：「雖然我很少用它，

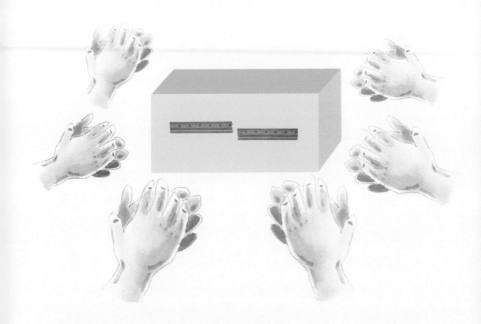

但每一次使用過後，都會感到難過。好了，從此這把尺要退休了，我再不會受它的引誘。」

　　校長兩手用力一拗，那把尺立即斷成兩截。忽然不知是誰帶頭，大家一同拍起手來。

　　「取消體罰，是香港教育的一個大進步，可是，同學們，我盼望大家也能夠用你們的進步來配合。」校長説的時候皺着眉頭，我很明白他的擔憂。

　　我在心裏説：「校長，請你放心，我們會努力的！」

阿德逃學記

阿德今天又不想上學了。

因為今天有兩節英文課，他是最害怕的了，教英文的密斯李罵起人來兇得不得了，而他一定會是捱罵的一個。

今天又有一節數學課，昨天老師要大家回去做二十道算題，阿德第一道已經不懂得做，本來他想請哥哥教的，可是哥哥緊張地忙着應付考試，阿德才説了半句話：「阿哥，我……」他已經皺着眉頭揮手説：

「你不要煩我！」

今天如果上學，那是送上門去給人罵，給人罰。結果阿德坐的巴士經過學校門前時，他沒有下車。

過了兩個站，阿德下車了。他下車的地方是一個熱鬧的地方，因為有很多賣食物的小販在這裏擺檔，還有兩間遊戲機中心，一早就開門了。

　　阿德買了一碟炒麵吃了，想到遊戲機中心去玩一會兒，雖然他穿的是校服，卻可以向老闆借一件外套披上。他一隻腳才踏進去，一個熟悉的聲音在後面喊他：

　　「李立德，怎麼還不回校上課？」

　　阿德回頭一看，一位瘦瘦的老人家，戴着一副金絲邊眼鏡，一對炯炯發光的眼鏡正從玻璃底下看他，原來是他學校的王校長。阿德差不多每個星期都要被送進校長室教訓一頓，所以校長已經記得他的名字了。

　　不過校長除了教訓他之外，還請過他吃東西，那天校長正在吃點心，阿德被憤怒的老師送進來了。校長罵了阿德五分鐘，然後拿了兩塊曲奇餅給他吃。校長罵些什麼他已經忘記，曲奇餅的滋味卻記得清楚。

　　阿德見是校長，這一驚非同小可，想也沒有想，拔腳便逃。

　　「李立德！」

　　阿德聽見校長在後面喊他，跟着聽見人們一同喊

「哎呀！」的聲音。他回頭一看，見校長滑倒在地上，手上還拿着公事包，眼鏡卻摔在身旁。

阿德想：「這一次闖大禍了！」可是他沒有再逃，回頭扶起了校長，又幫他拾起了眼鏡。奇怪的是校長不但沒有罵他，還說：「謝謝你！」

他們兩人一同乘的士回到學校，上課的鐘聲才響，一個同學羨慕地說：「阿德，校長請你坐的士呀，你真夠運！」

大刀關五

大刀關五在榕樹頭賣武起碼有四十年了。

我還是小孩子的時候便看過他耍刀，那時他是個小伙子。

那把刀很大，是長柄的，跟圖畫上關公的青龍偃月刀很相似。關五説他是關公的後人，族譜上有寫的，不知是傳下來的第幾代了。

他説在街上賣武，不會辱沒了先人，當年關公也是做小販出身的。

他在未耍刀之前，會叫有興趣的觀眾試試他那把刀的重量，那時我也試過，真的很重，差點拿不起來，引得看的人都笑了。

關五耍刀的時候很認真，一路一路的耍，差不多要舞十分鐘，到他把刀挾在脅下，拱手向大家行禮，表示表演完畢時，身上的汗衣早濕透了。記得他獲得

的掌聲不少，往那面銅鑼裏丟錢的人也很多。

關公沒有做一世的小販，這位關五卻賣了一世的
武。再到榕樹頭時我已經是中年甚至快踏入老年的人，
關五的頭髮全白了，比我想像中的還要老。

他仍伴着那把沉甸甸的大刀，還有那面銅鑼。

他要舞刀了，場邊的觀眾連我在內只有三四個。都舞了四五十年啦，沒看厭的能有幾個？

他仍是很認真的一路一路的耍着，不過我看出他腳步再不像以前的穩，刀風再不像以前的勁，才舞了六七招汗珠已經從額上大滴大滴的冒出來。

我趁他半路動作稍慢時大力鼓掌，同時往銅鑼裏放下一張紙幣，意思是他不用把功夫耍到底，可以休息一下了。

可是他好像什麼也沒有看見，還是一刀一刀的劈着，直到最後一刀耍完，他恭恭敬敬地向大家行禮，雖然場邊只有我跟幾個小孩子。

他的汗衣濕得黏在身上，我還聽到他在粗粗的喘氣。

我說：

「關師傅，這麼重的刀可不是容易耍的，你老人家玩的時候要省點氣力，可不要太認真呀！」

他兩眼向我一瞪，板着臉說：

「我賣的就是氣力，不認真的功夫打來做什麼？」

我得罪了他，感到慚愧，但是我心裏對他充滿了敬意。

真正的笑話

我曾經很富有，想吃最好的有最好，想穿最好的有最好的，還有一班人整天陪着我，幫我尋開心。

我從來不曾好好用功讀書，不會寫也不會算，更加不曾學過什麼手藝，因為我相信，只要有錢，還怕找不到人幫我做事麼？

不過陪着我的那班朋友時常誇獎我，說我的口才很好，很有說服力，我倒是很相信這一點，因為我說的話，他們很少不聽從的。

有一天，我偶然在街上聽見一個笑話，便回去說給那班朋友聽。他們一面聽一面笑，說我講得精彩極了，是講笑話的天才。

於是我自己也想出一些笑話來對他們說，他們每次都笑得掩住肚皮說辛苦。還說如果有說笑話比賽的話，我一定會贏得冠軍，成為笑話大王。

後來我走了惡運，由有錢
人變成普通人，由普通人變成
窮人。

　　窮人當然要想辦法賺錢才
有飯吃，我什麼事情也不會做，
怎麼賺錢呢？

　　後來我想起我的說笑話天才，便到這個廣場上來
擺檔，招牌寫明是「笑話大王」。

　　我對大家講了三隻我認為最好笑的故事，可是聽
眾們沒有一個笑的。人羣裏我發現其中一個是我舊日
的朋友，便問他：

　　「你從前不是每次都笑得流出眼淚的嗎？為什麼
你今天完全不笑呢？」

　　你們猜他怎麼回答我？他說：

　　「那時候我們笑了，你會給錢我們用；今天我們
笑了，要給錢你用。」

　　「哈哈！」這時候其他的聽眾卻不約而同地笑起

來，「哈哈！哈哈！」

　　連我自己也忍不住笑了，這時我才知道，原來我本身的經歷，才是一個真正的笑話。

爺爺本領知多少

究竟爺爺有多少本領，沒有人知道。

爺爺會替人醫病，這是大家知道的。他是中醫，同時懂得針灸——把一根根的針，插進病人的穴道裏，看上去很使人害怕，病人卻很舒服的樣子。

爺爺會拉小提琴，也會拉二胡，奏的都是大家熟悉的調子，聽起來很悅耳。爺爺會下象棋，也會下圍棋，只要碰上適合的對手，便可以消磨一個下午。

爺爺寫得一手好字，替人家寫招牌，替自家寫揮春，沒有一個不說好的。

爺爺還煮得一手好菜，每逢在家裏請客，祖母只能站在一邊幫着，落料、試味都由爺爺負責。他煮出來的菜，從來不會吃剩。

爺爺會游泳，據說參加過渡海泳；會騎單車，有年青時的照片為證；會踢足球，而且腳法不錯。那天

他跟小冬經過公園裏的球場，一個足球滾到爺爺腳邊，他一腳勁射，球兒清脆地入網，踢球的小伙子們人人鼓掌，還説：「阿伯，有空來踢幾腳！」

爺爺還會修理電器，風扇、熨斗、風筒、暖爐……出了毛病難不倒他。他又會通廁所、換水龍頭，用不着請街上的師傅。

小冬常在同學面前誇讚自己的爺爺，説他什麼都會做。同學們笑説：「小冬，你爺爺是不是曾近榮？」電視台有一個節目主持人叫曾近榮，也是無所不能的。

又有一個叫肥仔德的，功課不大好，卻是遊戲機GAME BOY 的一流好手，他也問：「小冬，你爺爺會不會打 GAME BOY ？」

同學們都笑了，因為他們相信小冬的爺爺一定不會玩這種小孩子的玩意。

那天肥仔德和另外兩個同學到小冬家裏想看看小冬的集郵簿，他們見到小冬的爺爺正在看報紙，肥仔德想起了自己説過的那則笑話，對小冬的爺爺説：「爺

爺，你會玩 GAME BOY 麼？」

「識少少啦！」爺爺說。

「小冬說你樣樣都『勁』，我們來比試比試好不好？」肥仔德說。

「小冬亂講，老人家怎及你們小孩子反應敏捷呢！」爺爺說。

不過爺爺還是答應跟肥仔德來一次友誼賽，一老一小玩了好一會兒。臨走時肥仔德對小冬說：

「我懷疑你爺爺是外星人！」

足球說故事

我是一個新足球，用最好的皮做的，打滿了氣，精神飽滿。

可惜我運氣不好，第一場出賽便碰上一班壞脾氣的孩子。他們的技術很差，脾氣卻很大。

他們自稱 TIGER 隊，是「老虎」的意思，踢起來氣勢洶洶的，可是腳下老是漏油，射門又不準，因此他們一直在輸：一比零、二比零、三比零、四比零……看來他們會繼續輸下去。

我聽到他們的嘴裏不停的罵人，罵裁判，罵觀眾，罵對方的球員，罵自己隊員，也罵我，其實他們最該罵的還是自己。技不如人嘛，有什麼好說的！

不知為了什麼，老虎隊的一個球員發起脾氣來了，那個渾小子只得一鋪牛力，他猛的一腳，啊，好痛呀！踢得我飛上了半天。這算什麼？想攞命麼！我身子一

扭，滴溜溜的轉了個圈，飛到球場鐵網的外面去了。那下面是一個斜坡，長滿了雜草。

我心中有氣，故意找最隱蔽的地方躲了起來。

後來我聽見有人來尋找，其中一個便是那大腳踢我的渾小子，我聽見他説：

「死啦，找不到是要賠的，又要給媽媽罵了！」

「活該，這種人不罵罵誰！」我心中感到快意。

他們走了。我躲在草叢裏，一天又一天，越來越覺得寂寞了。

下了幾場雨，弄得我一身的泥水。

我擔心：還有沒有機會到球場上去奔跑跳躍？會不會永遠被遺棄在這個荒僻的地方。

我漸漸洩氣了。

正當我從失望走向絕望的時候，忽然聽見兩個男孩的説話聲，似乎他們是來捉什麼「金絲貓」的，這裏的「金絲貓」的確不少，這種又叫做「豹虎」的小蟲，也是一班脾氣很壞的傢伙，一碰頭便打架。我是多麼

希望他們發現我啊！我真想大聲呼喊：「喂！我在這裏啊！」

　　我的運氣很好，他們的運氣也不差。他們發現了我，連「金絲貓」也不捉了，把我拿去洗乾淨了，又把我打飽了氣，我容光煥發，漂亮極了。

　　他們當天就舉行了一場球賽，我發現那渾小子站在場邊觀戰，便飛身過去，讓他捱了一記「波餅」。哈哈！我報仇了！

瓶子的故事

　　十五年前的一個夏天，阿傑和阿棠正放暑假，他們是鄰居，而且在同一間小學讀書。阿傑六年級，阿棠五年級。

　　阿傑的父親有一隻小遊艇，遇上有空，他會帶孩子們到一些很少人到的小島去玩。

　　這天他們又來到一個小島，島上一個人也沒有。阿傑的父親笑着說：「孩子們，讓我們想像我們是魯濱遜的子孫，遇上沉船意外，漂流到這個荒島來吧。」

　　阿傑和阿棠都聽老師說過魯濱遜的故事，阿傑還讀過一本《魯濱遜漂流記》的書。他們覺得父親的想像很有趣，於是他們去找山洞，作為棲身的地方，找了許久才尋得一個小小的洞穴，裏面黑暗潮濕，岩壁上爬滿不知名的小蟲，看得阿傑和阿棠心裏打顫。

　　他們又去尋找水源，結果找到一條乾涸的小澗，

只在最低漥的地方，有淺淺的兩個小潭。

　　阿傑對阿棠說：「就算魯濱遜漂流到這裏，恐怕也難以生存。」

　　這時父親叫孩子們到沙灘上午餐，食物很豐富，每人還有一瓶冰凍的汽水。

　　阿棠從背囊裏找出筆來，在一張小紙片上寫道：

　　「當你拾到這張紙條時，請想辦法救援我們！我們正被困在一個不知名的小島上，是在香港最西最北的地方。」

　　下面還寫了阿傑和他的名字。他把紙條放在一個空汽水瓶裏，再把蓋子封好。

　　阿棠把瓶子交給阿傑，阿傑用力向遠方擲去，瓶子在水面載浮載沉，後來終於失去了蹤影。

　　十五年後的一個夏天，阿傑和阿棠有機會實行一次冒險的旅程，他們駕駛一隻中型的遊艇，要在最短的日子裏環遊世界。這年阿傑二十七歲，阿棠也已二十六了。

這些物

他們的命運似乎不好，在太平洋上遇到一股颱風，船被打沉，兩人漂流到一個無人的荒島。他們在島上找不到可以住的山洞和可以吃的水源，正當他們絕望地坐在沙灘上歇息時，見海邊漂來一個長滿青苔的玻璃瓶子。

阿棠把它拾起，見裏面好像有一張紙條。打開瓶蓋一看：

「當你拾到這張紙條時⋯⋯」

下面竟是阿傑和阿棠的名字。

核桃和「布秫」

從前有一個張老頭，是一個很自私很自私的人。

他家裏有掃把，卻沒有垃圾鏟。每天早上，他把家中的垃圾掃出街外，再從自家門前，掃往隔壁的李家。

隔壁的李家有一個李老頭，卻是一個老好人。雖然李老太時常埋怨鄰居把垃圾掃過來，李老頭總是説：「算了，算了，反正我要掃地，多點少點無所謂。」

李老頭在屋後掘了一個坑，把垃圾都倒在坑裏，除了家中的垃圾之外，還有除下的雜草，飄落的樹葉，全都倒進裏面，只要經過一段日子，便是很好的肥料。

附近種菜的何老頭看中了這堆肥料，便對李老頭説：「老李，你又不種菜，這堆肥料放着沒用，不如賣給我吧。」

李老頭説：「這堆垃圾，值什麼錢？你要就把它

運走！」

何老頭歡歡喜喜的運走了那堆垃圾，見李老頭不肯收錢，就送了他一袋核桃，讓他磨核桃糊吃。

自私的張老頭知道了這件事，便對李老頭説：「老李，你那堆垃圾，最少有一半是我的，何老頭拿核桃來換垃圾，這核桃你也該分一半給我！」

李老太正想提出反對，李老頭説：

「算了，算了，反正我們吃不了這麼多，就分一半給他。」

張老頭分到核桃之後，用小鐵錘一個個敲破，準備把核桃仁剝出來磨核桃糊吃。其中有一個核桃特別堅硬，張老頭敲了

幾次敲不破，最後咬着牙死命敲下去。哎呀一聲，這一錘竟敲在自己的拇指上，把指甲都敲裂了，紫紫黑黑，腫得像一顆布冧李。

張老頭的手指痛得他睡不着覺，越想越氣，認為這都是李老頭累他的，如果他不搞什麼堆肥，就不會有核桃，沒有核桃，自己的手指就不會變成「布冧」。

他記得和李老頭共用的一幅磚牆上有一塊鬆動的磚，便起牀把那塊磚拿掉，把自己的痛手伸進李老頭家裏，自言自語的説：

「也讓他家痛痛！」

李老頭和李太都已熟睡，不睡的是一隻盡責的大狗，牠看見一隻手從外面伸過來，當然不會客氣，於是全村人都聽到一聲慘叫……

小城鐘聲

從前有一個小城，城裏大約住着五百戶人家，都是很老實、很勤勞的百姓。

小城靠近大海，海上不知從哪裏來了一羣海盜，他們不但行劫商船，還登陸到岸上搶掠財富。一個城市又一個城市遭到劫難，看來這小城遲早會受折磨。

城裏也不是沒有官兵，多年的太平日子使他們忘記了怎樣打仗。當海盜來臨的時候，一定不知道怎樣抵抗。

小城裏有一個巧手的銅匠，他造的銅器遠近知名。小城的命運使他十分擔憂，這些日子使他看上去老了很多。

有一天他忽然貼出了停止營業的招紙，大門關上，卻聽見裏

面風箱扯得呼呼的響。一批又一批的銅料被運進店裏，不知道這巧手師傅在趕造些什麼。

海盜快將到來的消息越傳越盛，小城的百姓人心惶惶。

銅匠終於把他的店門打開，大家看見工場裏出現了十口大鐘。他對大家説這十口大鐘將帶來吉祥，保佑這個小城平安地度過危難。

十口大鐘被安放在城的各處，東南西北以及城的中央。

幾天後海盜開始攻城，全城的百姓帶着能帶的財富躲到鄉下去。

銅匠師傅帶着他僅有的一個小徒弟，逃往城外山上一間寺院。寺院裏掛着一座巨鐘，是早幾年銅匠師傅一手製造。

他進了寺院立刻求見方丈，説事情緊急請准許他敲鐘，他説鐘聲將會發揮力量，使小城化災難為吉祥。方丈一向尊敬銅匠為人，立即准許他開始鳴鐘。師徒

俩敲了一下又一下，鐘聲悠悠傳得很遠。

話說海盜終於攻破了城門，一擁而入發覺是個空城，當他們正在寂靜無人的街道上搜索，忽然聽見那些大鐘無故自鳴，噹噹噹噹滿城都是鐘聲。海盜們都很迷信，認為大鐘自己鳴響，不是因為鬼怪便是由於神靈，或許鐘聲是一種警告，不走便有災難降身。全部海盜很快撤走，小城只受到輕微破壞。

原來銅匠造的十口大鐘。振動頻率跟寺院的大鐘相同，只要寺院的大鐘一響，其他的鐘就會發生共振。不信你去問問科學老師，他會用兩根音叉做給你看。

比蜜糖還甜

「等一等!」阿強向電梯衝過去。

可是電梯門就在他面前關上。那代表第幾層樓的綠色數字,二、四、六、八……輪流地亮起來,電梯開上去了。

「死小娟!壞小娟!」氣得阿強猛踩腳。剛才電梯門未關時,他看到裏面有個穿粉紅色運動衣的女孩子,正是住在他家對門的小娟。小娟明明也看到了他,可是偏偏不等他,把電梯開上去了,真可惡!

「這叫做冤冤相報何時了!」笑吟吟地說着的是看更的何伯。這些孩子們互相鬥氣的情形他看得多了。

阿強無可奈何地大力撳那電梯按鈕,好像這樣就可以快一點把電梯降下來似的。

「你別急!小娟很快又會下來的。」何伯說。

「為什麼?」阿強不信,卻見那電梯一升到十八

樓，又立即一層層地往下降。終於到了下面，門一打開，走出來的可不是小娟嗎？她向瞪眼看她的阿強做了個藐視的鬼臉，便衝向那排信箱。這時阿強看到，小娟家的信箱上正掛一串鎖匙，是小娟剛才取信後忘記拿走的。何伯早已發覺了，所以知道她又會下來。

「該死！想不等我，結果還是要等我！」阿強正想搶進電梯，來一次大報復的時候，電梯門卻已經自動關上，大概上面有人按鈕要乘電梯吧。

「好呀！」小娟冷笑說：「這次看是誰該死了！」

「你該死！」

「你該死！」

兩人你一句我一句的罵了起來。

「別吵了！別吵了！趁電梯未下來，我出個謎語你們猜猜，看是誰聰明，好不好？」何伯來做和事老了。

「當然是我聰明！」阿強用大拇指指指自己的鼻子。

「你 IQ 零蛋！」小娟説。

於是何伯出了一個謎語：

> 四四方方一個籠，上上落落似吊桶；

> 只要你往籠裏站，免你爬梯真輕鬆。

何伯還沒有説明要猜哪一類物件，兩個孩子已經同時説出了答案：

「電梯！」

何伯説：「好呀！真聰明！再給你們猜一個，聽清楚呀！」

何伯的第二個謎語是：

> 四四方方，門前站崗；

> 嘴兒扁扁，肚皮透光；

> 親友消息，替你收藏。

兩個孩子不約而同地向那排信箱瞟了一眼，又是同時叫出了答案。

「哈，你們真聰明！電梯到啦，快進去吧！」何伯提醒他們。

「我們還沒有分勝負呢！何伯，你再出一個！」小娟說。

「要出一個難猜的，越難越好！」阿強說。

「唔，看你們！電梯又上去啦！」於是何伯又出了一個，是猜一樣東西的：

在娘家青枝綠葉，

到婆家面黃肌瘦，

不提起倒也罷了，

一提起淚灑江河。

這次可把兩個孩子難住了，他們胡亂猜了幾樣都不對，終於一同乘電梯回去了。

阿強回到家裏，猜來猜去猜不到，只好向爺爺求救。爺爺說這是老謎語了，一口就說出了答案。阿強出門想到樓下告訴何伯，卻見電梯門又剛剛關上，裏面依稀有個穿粉紅色衣服的，很可能又是小娟。

「不行！不能讓她先到！」於是阿強由樓梯飛奔下去。跑了兩層，見電梯正停着載人，阿強一跳就跳

了進去，小娟果然已經在裏面。

「何伯，我猜到了！」一出電梯兩人就爭着嚷起來。

「好好好！你們誰先講？」

「我先講！」阿強説。

「我先講！」小娟説。

「不要爭了，阿強站在這邊，告訴我的左耳；小娟站在這邊，告訴我的右耳。我喊一、二、三，你們就一齊講！」

「一、二、三！」何伯發出了命令。

「竹篙！」兩人一同説出了答案。

「唔，對啦！是撐船的竹篙。你們倒説説看，為什麼是竹篙？」何伯大概不相信是他們自己猜出來的，還要再考考他們。

「竹樹在竹林裏，有枝有葉，青青綠綠；割下來做竹篙，枝葉都被削掉，身體變成黃色，而且收縮，便變得面黃肌瘦了。」阿強把爺爺的解釋照搬了出來。

「用竹篙撐船的時候，撐完一篙，就要把它從水裏提起，準備再撐第二篙。這時候篙上的水一滴滴流下來，所以說一提起它就淚灑江河。」小娟一面說一面慶幸剛才祖母解釋得那麼詳細，否則就要輸給阿強了。

何伯從他小房間的一個抽屜裏拿出了一盒果汁軟糖，請阿強吃一粒，小娟吃一粒，他自己也吃一粒，微微笑着說：

「你們都解釋得很好，你們見過人家用竹篙撐船嗎？」

阿強和小娟搖搖頭。

「我年青時在鄉下就用竹篙撐過船。我們鄉間有很多小河，小河還可通大河，差不多家家都有一條船，到城裏運貨、做買賣，都是撐着船去的。」何伯回憶着說。

「你鄉下還有親人嗎？」小娟問。

「有！怎麼沒有！我老婆啦，兒女啦，連孫子都

有啦！説起我那老婆，捱的苦可真多，十四歲就嫁到我家，偏偏我媽不喜歡她，天天不是打就是罵，本來紅紅白白的一個女孩兒，不到一年就捱得面黃肌瘦的，時常一個人躲在房裏哭。唉，她那條命真像剛才説的竹篙一樣！她幫我生了六個兒女，養活了四個，長年辛勞，真是一天快活日子也沒有過過。所以，她看上去比我老得多。」何伯一面説一面在抽屜裏翻照片，拿了一張「全家福」給兩個孩子看：

「這是五年前我回家鄉時照的，那時我的兩個孫子還沒出世呢。」

小娟見照片上和何伯並排坐的女人果然比何伯還老。何伯已經禿頂，她的頭髮比何伯還要少。

「你為什麼不申請她來香港？」阿強問。

「她不肯來呀！她説要留在鄉下照料孩子。現在有了孫兒，那就更有得她忙的了。」何伯解釋説，像是怕孩子們怪他不接妻子過來。

「那麼你多點回去看他們嘛！」小娟説。

「是呀！要多點回去看他們呀！可是不容易請假呢！我真想回去抱抱兩個小孫孫呢！」何伯倒像一下子被兩個孩子説得心動了。

第二天，阿強正在何伯房間裏看他的集郵簿，小娟卻乘電梯下來了。她望一望信箱有沒有信，對何伯説：

「我嫲嫲剛才出了一個謎語給我猜，我猜了老半天才猜到，你想不想猜？」

「好呀，你説出來，讓我和阿強一同猜。」

「阿強猜不到的。」小娟説。

「我猜不到你也猜不到，一定是你嫲嫲把答案告訴你的。」阿強這一次倒猜得很準，因為的確是她的祖母自己把答案説出來的。那謎語是這樣的：

> 粉蝶兒分飛，
>
> 怨郎君心去已難回；
>
> 恨當年人兒不在，

歎陽春一去易逝！

　　小娟說謎底是一個字，這個字並不深，連阿強也一定認識。阿強對這四句又像詩又不是詩的東西，半懂半不懂的，簡直無從猜起。他心裏想：「小娟她真的猜到？殺了我的頭也不相信！」

　　可是何伯笑吟吟的說：

　　「是不是『鄰居』的『鄰』字？」

　　小娟拍手說：「猜中啦！何伯真聰明！」

　　「不是我聰明，」何伯解釋道：「只不過這條謎語是給我們成年人猜的，小孩子不容易想得出。」

　　何伯看到阿強臉上的神色，知道他不明白為什麼謎底是「鄰」字，卻又不想開口問，便解釋道：

　　「第一句『粉』字的『分』字飛掉了，剩下一個『米』字；第二句『怨』字的『心』去了，『已』又『難回』……」

　　「剩下一個『夕』字。」小強插口說。

　　「對了！」何伯說，「第三句說『人兒不在』，

哪一個字有個『人』字？」

「『年』字的頂上有個『人』字。」小強倒是眼尖。

「唔，對了，於是『年』字剩下了半截。第四句呢？」

阿強想了一想説：「我猜是『陽』字右邊的『一』和『易』都去掉了，就剩下一隻耳朵！」

「很聰明呀！」何伯稱讚説，「你把這些剩下來的米呀、耳朵呀什麼的，合併起來，不就是一個『鄰』字嘛？」

阿強見何伯稱讚自己，喜得眉開眼笑的，問何伯借一枝筆，要把這個謎語記下來。

「何伯，你小時候沒有電視機，沒有遊戲機、電腦、模型，是不是時常猜謎語解悶？」小娟問。

「我們在鄉下玩的東西可多呢！釣魚啦，摸蟹啦，捉金絲貓啦，鬥蟋蟀啦，偷番薯、偷荔枝啦！」

「你們偷東西不怕警察捉嗎？」小娟問。

「鄉下哪有警察？小孩子們鬧着玩，又偷得多

少？而且我們其實是自己偷自己，今天阿甲叫大家去偷他家的黃皮，明天阿乙叫我們去偷他家的番石榴，被大人發覺了也不過罵一頓，沒有什麼大不了的！不過現在你們在城裏可不同呀！誰偷東西我何伯就要報警拉人啦！」

「何伯，你現在還跟童年時的小朋友來往嗎？」阿強問，他早已把謎語抄好了。

何伯説：

「自小在一起，目前少聯繫。這又是一個謎語，猜一個字，你們倒想想看。」

阿強和小娟想了好一會兒想不到，沒耐心了，就要何伯開謎。何伯説：

「你們試把『自』字和『小』字連在一起，看是什麼字？」

阿強試寫了一下説：「沒有這樣的一個字呀！」

何伯説：「你要先寫『小』，然後寫『自』，認識了嗎？」

　　阿強恍然大悟地説：「啊，原來是個『省』字，我真蠢！」

　　小娟帶笑地瞟他一眼説：「你現在才知道？」又問何伯説：「那麼第二句呢？」

　　何伯説：「把『少』字放在『目』字前面，那是什麼字？」

　　「也是『省』字呀！」小娟敲敲自己的頭説：「我真蠢！」

　　「你也現在才知道呀！」阿強説。

　　「一個人知道自己蠢，就會謙虛一些；太喜歡表露自己的聰明，就會遭人妒忌。你們看過《三國演義》嗎？裏面有個楊修，就是因為太聰明，被曹操殺了。」何伯説。

　　兩個孩子都説沒有看過《三國演義》，要何伯講楊修的故事。

　　於是何伯講曹操在門上寫個「活」字，楊修猜到曹操是想把門擴闊，因為「門」字加「活」字，正是

「闊」字；又講有一次曹操和楊修一同騎着馬猜謎，楊修先猜到了，曹操卻要再騎三十里才想到。一次又一次，楊修都表現得比曹操聰明。楊修是曹操的下屬，曹操很妒忌他，終於找了一個藉口，把他殺了！

「這可是曹操不對了！把聰明人都殺掉，誰幫他治理國家呢？」小娟説。

「曹操已經是一個雄才大略的人了，還不免如此。我們中國歷史上，這種忌才的皇帝和官兒可多呢！他們總是要把有才能、有學識、有智慧的人殺掉，大概他們認為這樣，便可以安安穩穩做他的皇帝和大官吧！可憐我們中國出色的人物，因此不知損失了多少！」何伯説得很心痛，阿強和小娟也不禁對那些壞皇帝、壞大官憎恨起來。

阿強第二天就從圖書館借了本《三國演義》從頭看。何伯又説《鏡花緣》這本小説很有趣，而且上面有不少謎語，於是小娟也從爸爸的書櫃裏找到這本書，津津有味地看起來。

有一天小娟問何伯：「我們可以自己作謎語嗎？」

何伯說：「當然可以！那電梯和信箱的謎語，就是我臨時作了給你們猜的。」

於是小娟和阿強又一同學着作起謎語來，起初作得不好，漸漸何伯也表示欣賞了，他說：「唔，有點味道啦！」

其中小娟自己最喜歡的一個是：

> 一物真奇怪，有頭三十個，
>
> 有的街上走，有的家裏坐。

答案是「人」。人怎麼會有三十個頭呢？小娟是這樣算出來的：

真正的頭一個，額頭一個，眉頭兩個，鼻頭一個，舌頭一個，肩頭兩個，膝頭兩個，手指頭十個，腳趾頭十個，一共三十個。

小強對這個謎語卻不大欣賞，他說：

「三十這數目不準，起碼還有骨頭未算在內，光是骨頭就不止三十個了！」

小強認為自己作的一個謎語要好得多：

　　爸爸有，媽媽沒有；

　　叔叔有，弟弟沒有；

　　大貓有，小貓也有。

謎底是「鬍子」。可是小娟故意這麼說：

　　「誰說弟弟沒有？弟弟長大了，也一樣有鬍子！」

　　那天阿強和小娟碰巧一齊放學回家，小房間裏何伯笑吟吟的叫住了他們，又拿出糖來請他們吃。

　　「有一個消息告訴你們。」何伯說。

　　「是好消息嗎？」小娟問。

　　「是我自己的好消息。」

　　「加薪？」阿強猜。

　　「給一個字你們猜一猜，猜到了你們就知道是什麼消息了。」

　　何伯的謎語很有趣：

　　嘴比嘴大，嘴比嘴小，

嘴被嘴吃，嘴被嘴咬。

結果阿強猜到是一個「回」字。

「你要回家鄉去？」小娟問。

何伯歡歡喜喜的連連點頭，他說：

「我找到一位同鄉替我一個月工作，下個月一號我就要回去了。」

「啊，沒有人跟我們猜謎語了！」小娟有點失望地說。

「我那同鄉是個謎語大王，他的謎語比我要多得多呢！」何伯說。

「好呀！」兩個小孩又歡喜得拍起手來。

「何伯，你這次回去還撐船、釣魚、摸蟹、捉金絲貓嗎？」阿強問。

「還和那些小朋友去……去偷番薯嗎？」小娟問。

「小朋友都變成老頭子啦！怕沒有興趣玩這些了。番薯家裏有的是，不過一定沒有偷回來的好吃。你們想吃什麼東西嗎？讓我帶點回來請你們吃吧。」

阿強和小娟不知道何伯鄉下有什麼好吃的，何伯卻記起來了。他說：

　　「我們鄉下有一樣東西很好吃，雖然香港也有得賣，可是味道卻是我們鄉下最好。」

　　「是什麼？是什麼？」兩個孩子在吞唾沫了。

　　何伯說：「先給個謎語你們猜一猜，猜到有得吃，猜不到別想吃！」

　　何伯的謎語不難：

　　　　比膠水還黏，比蜜糖還甜，

　　　　吃的方法很特別，一雙筷子最方便。

　　兩個孩子差不多同時猜到是麥芽糖。何伯答應送他們一人一罐。

　　於是孩子們有了雙重的盼望，盼望那代替何伯的「謎語大王」，盼望一個月後何伯帶回來的、香港買不到的、世界上最好吃的麥芽糖！

比膠水還黏，
比蜜糖還甜。

阿濃的有情世界

作　　者：阿濃

繪　　畫：Birdy Chu

責任編輯：陳友娣

封面設計：Birdy Chu

內文設計：鄭雅玲

出　　版：山邊出版社有限公司

　　　　　香港英皇道 499 號北角工業大廈 18 樓

　　　　　電話：(852) 2138 7998

　　　　　傳真：(852) 2597 4003

　　　　　網址：http://www.sunya.com.hk

　　　　　電郵：marketing@sunya.com.hk

發　　行：香港聯合書刊物流有限公司

　　　　　香港荃灣德士古道 220-248 號荃灣工業中心 16 樓

　　　　　電話：(852) 2150 2100

　　　　　傳真：(852) 2407 3062

　　　　　電郵：info@suplogistics.com.hk

印　　刷：中華商務彩色印刷有限公司

　　　　　香港新界大埔汀麗路 36 號

版　　次：二〇二〇年七月初版

　　　　　二〇二四年十一月第四次印刷

版權所有・不准翻印

ISBN: 978-962-923-488-1

© 2020 SUNBEAM Publications (HK) Ltd.

18/F, North Point Industrial Building, 499 King's Road, Hong Kong

Published in Hong Kong SAR, China

Printed in China

本書第 14 頁、第 54 頁的圖畫由陳燕貞（Jaclyn Chan）繪畫。